高1ですが異世界で城主はじめました23

鏡 裕之

HJ文庫
1105

口絵・本文イラスト　ごばん

目次

高1ですが異世界で城主はじめました
関連地図

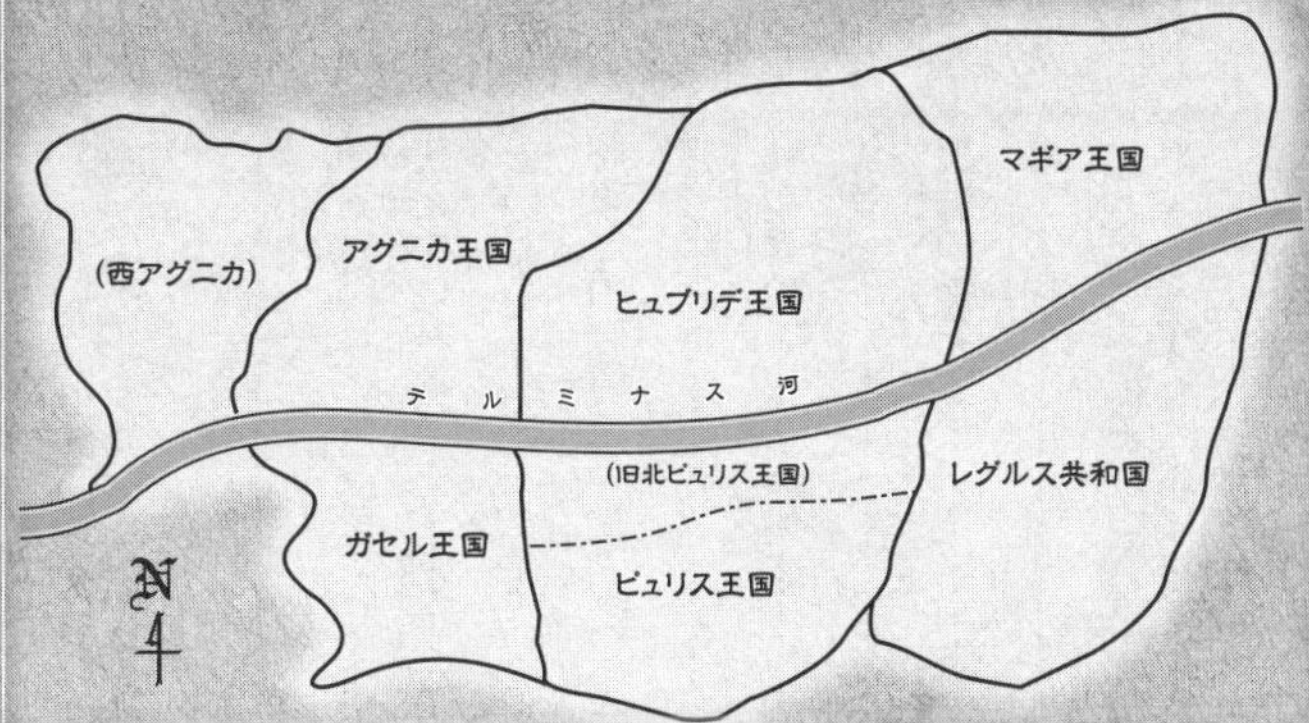

ヒュブリデ王国
ヒロトが辺境伯《へんきょうはく》を務める国。長く続く平和の中、順調に経済的発展を遂げたが、そのツケが回り始めている。

ピュリス王国
イーシュ王が治める強国。8年前に北ピュリス王国を滅ぼし、併合した。

マギア王国
平和を好む名君ナサール王が統治する国。50年前にヒュブリデと交戦している。

レグルス共和国
エルフの治める国。住人はほぼ全員エルフで、学問が発達している。各国から人間の留学を受け入れている。

アグニカ王国
ヒュブリデの同盟国。

ガセル王国
ピュリスの同盟国。

序章　夢

1

清川《きよかわ》ヒロトの夢に現れたのは、会ったことのない女性だった。

身長は百七十センチほど。

漆黒《しっこく》のロングヘアで、肌《はだ》は浅黒い。目は知性を感じさせるエメラルドグリーンに輝《かがや》いていた。清麗《せいれい》と表現するのが一番の美女である。

左手首に、赤・青・黄色の数珠《じゅず》状のブレスレットを着けていた。ガーネットとトルコ石とシトリンだろうか。妙《みょう》に手首のブレスレットが印象に残った。

（ガセル人か？）

と夢の中でヒロトは思った。青色や碧色《へきしょく》の瞳《ひとみ》と浅黒い肌と黒髪《くろかみ》の組み合わせは、ガセル人のものである。

だが、知らない女だった。手首のブレスレットも見たことがないし、女の顔も見たこと

がない。

(きれいな人だな)

そう思った時、

《妹を助けて……》

ふいに女はヒロトに助けを乞《こ》うた。

(妹?)

妹と言われても、誰《だれ》のことかわからない。

《妹を助けて……お願い……》

ガセル人の美女がくり返す。

(妹って誰だ……?)

頭の中でそう思ったその時、女はまた乞いをくり返した。

《カリキュラを……助けて……》

夢の大地が裂《さ》けた。

脳内に声が響《ひび》くと同時に巨大《きょだい》な暗黒の腕《うで》で頭を引っ掴《つか》んで無理矢理《むりやり》揺《ゆ》さぶり起こされたみたいに、いきなり目が覚めた。

漆黒の闇《やみ》とともに暗い天井《てんじょう》が無人の監視《かんし》機械のようにヒロトを見下ろしていた。いつも

見慣れているエンペリア宮殿《きゅうでん》のヒロトの寝室《しんしつ》である。音はない。ベッドのすぐ隣《となり》では、白い包帯に豊満な身体を包んで、世話係のミミアが眠《ねむ》っていた。暗闇《くらやみ》の雰囲気《ふんいき》からしてまだ真夜中だ。明け方にはなっていない。

（カリキュラの姉……？）

ヒロトは自問した。わからない。だいたい会ったことがないのだ。手首のブレスレットだって――。

はっとした。

ブレスレットは知っている。

ガセル人の女商人カリキュラと会った時、右の手首に同じようなものを着けていた。確か、赤、青、黄色の三色の数珠みたいなブレスレットだった。

（本当にカリキュラの姉？）

わからない。

仮に姉だとしても、姉が出てくる理由が思い当たらない。確かに少し前に、妹のカリキュラから姉のことを聞かされた。姉が山ウニを仕入れようとしたら、不当な値段を提示された、アグニカの交易裁判所に訴《うった》えたが、不当に却下《きゃっか》された、それでピュリス王国のメティス将軍の許《もと》へ向かう途中《とちゅう》で殺された、ゴルギント伯《はく》が殺したに違《ちが》いない、自分もやはり

不当な裁判を受けた、是非《ぜひ》、姉の敵を討《う》ってほしい――。そうカリキュラからは訴えを受けた。

ヒロトは枢密院《すうみついん》会議に諮《はか》ったが、ヒロトが主張した艦隊派遣《かんたいはけん》は退けられた。ヒロトができたのは、次善のさらに次善の策として相一郎《そういちろう》を派遣《はけん》することだけだった。だが、ヴァンパイア族の娘《むすめ》キュレレが同行したことで、サリカ港の交易裁判所はカリキュラの訴えを受け入れ、彼女《かのじょ》に有利な判決を下した。それで片がついたはずなのである。

サリカ伯ゴルギントが黙《だま》っていない？

それは気になっていた。レグルス共和国のカジノでヒロトにいちゃもんをつけたあの男が、黙っているとは思えないのだ。報復を考えていたのかもしれない。

（また何か起きたのか？）

2

ヒロトと同じように夜中に目覚めてしまった女が、テルミナス河を挟《はさ》んでヒュブリデの南に位置するピュリス王国にいた。

サラブリア州の対岸に位置するユグルタ州の中心的城、テルシェベル城――。

その奥《おく》の二階の寝室で、ベージュ色の深いV字ネックのネグリジェを着た美女が目を覚ましたところだった。

長い黒髪に切れ長の目、まっすぐに走る細く美しい鼻筋、非常にシャープな印象の美貌《びぼう》である。近づきがたい硬質《こうしつ》な、クールな美しさがある。一言で云《い》うなら冷艶《れいえん》――冷ややかな美しさである。だが、臍《へそ》へ向かって深く切れ込《こ》んだV字ネックの胸元《むなもと》からは、Hカップ以上はありそうな双球《そうきゅう》が半分こぼれ出していた。わずかに乳輪が覗《のぞ》いている。

ピュリスが誇《ほこ》る美貌の智将《ちしょう》メティスだった。

夢を見たのだ。それも、ガセルの女商人シビュラの夢だった。初めて会った時のように左手に赤と青と黄色のブレスレットを着けていた。

《妹を助けてください……》

とシビュラは頼《たの》んでいた。

《妹が狙《ねら》われています……ゴルギント伯の首を取ってください……》

そうシビュラが訴える。

《わたしを殺すように命じたのはゴルギント伯です……どうかゴルギント伯の首を取ってください……》

シビュラが告白したところで、目が覚めたのだ。

妹には会ったことがないが、姉のシビュラなら知っている。自分にステキな贈《おく》り物をくれた。ガセルに来た時にはムハラをご馳走《ちそう》いたしますと言ってくれたことを覚えている。いずれガセルに行く日もあろう。その時には必ず――。

そう思っていたのだが、その日は来なかった。サリカ港の交易裁判所で理不尽《りふじん》な裁定を受け、メティスに訴えに行く途中でシビュラは殺されたのだ。証拠《しょうこ》はないが、殺したのはゴルギント伯の私掠船《しりゃくせん》の連中で、殺害を命じたのはゴルギント伯だろう。

殺害の報《しら》せを聞いた後で、イスミル王妃《おうひ》がシビュラを贔屓《ひいき》にしていたことを知った。彼女を三回も呼んで振《ふ》る舞《ま》わせたほど、彼女の激辛《げきから》料理を気に入っていたという。

思わず天を仰《あお》いだ。

ああ。

殿下《でんか》のお気に入りだったのか。

なぜ自分はすぐにガセルへ行かなかったのか。イスミル王妃が贔屓にしていると知っていれば、自分から出向いたものを――。

なおさら救ってやりたかったと思った。

出向いていれば救えた？

話がそう単純でないことはわかっている。だが、もし自分がシビュラの許を訪問してい

れば、自分は間違《まちが》いなくゴルギント伯に対して圧力を加えていただろう。それで状況《じょうきょう》が変わらなかったとしても、シビュラの訴えを聞いてやりたかった。ガセル人がガセル人を頼《たよ》らずにわざわざ外国のピュリス人に助けを求めるなど、よっぽど自分を頼りにしていたはずなのだ。いったいどんな気持ちで船に乗っていたのだろうと思う。

だが、助けてやることができなかった。自分の最大の恩人が贔屓にしていた者の命を救うことができなかった。

武人として無念だった。ピュリス一の智将と言われた自分が――。

自分も同じ女であるがゆえに、女の悲劇には人一倍悔《くや》しさを覚えてしまう。しかも、相手は自分が恩義を感じているガセル王妃イスミルがかわいがっていた者なのだ。

妹にも是非会ってやりたかった。妹は自分がいない間にテルシェベル城を訪問したのだ。姉同様、すがる思いだったのだろう。会って話を聞いてやりたかった。だが、自分は姉にも妹にも、会ってやれなかった。

余計に無念さが募《つの》った。

後で、ヒュブリデの態度を知った。ヒュブリデはガセルとアグニカの間に裁判協定を成立させた張本人である。裁判協定で問題が起きれば、介入《かいにゅう》する立場にある。

だが、ヒュブリデが行なったのは、格下の者を使者としてゴルギント伯の下に派遣する

ことだった。

なぜもっと強い態度で抗議《こうぎ》せぬ？　なぜ重臣を派遣せぬ？　ヒロトは何をやっているのだ？　おまえなら、艦隊《かんたい》を派遣して威圧《いあつ》するぐらいのことをするのではないのか？

強い憤《いきどお》りと不満を覚えた。腰抜《こしぬ》けめと思った。なぜ、ヒュブリデは武力行使をしなかったのか。

明礬《みょうばん》石？

石のためにもの言わぬ犬となってどうする？

人の唇《くちびる》は言うべき時に沈黙《ちんもく》するためにあるのではない。言うべき時に叫《さけ》ぶためにあるのだ。拳《こぶし》は打つべき時に打つためにあるのだ。

ヒロトがやらぬのなら、この自分がやってくれる。もしまた妹に頼まれることがあれば、今度こそ自分が乗り込んでやる——。そう思っていたのだが、乗り込む前に相一郎とキュレレが解決した。二人に威圧されて、サリカの交易裁判所はカリキュラに有利な裁定を下したのだ。ゴルギント伯も交易裁判所の裁定を覆《くつがえ》すことはなかった。

それでも、もやもやは残った。特にヒュブリデの腰抜けの態度には、もやもや以上のものを感じた。ヒロトがいながら、いったい何をやっているのか。なぜ艦隊を派遣しなかったのか。

そのもやもやの中での、シビュラの夢だった。

メティスはベランダに出た。子供の神様が嬉々《きき》として無数の光の砂粒《すなつぶ》をばら蒔《ま》いたような星空が、頭上に広がっている。星空は濃《こ》い藍色《あいいろ》のまま地平線に接している。

シビュラはまだあの世に行っていないのだろうか。まだ天国に行けずにこの世を彷徨《さまよ》っているのだろうか。この世への名残《なごり》、己《おのれ》を殺した者への恨《うら》みが強くて自分の許を訪《おとず》れたのだろうか。

(だが、妹のことを頼んだのはなぜだ……？)

第一章　九死

1

二階にあるベッドからは部屋の外が見える。見晴らしのいい小高い丘《おか》に立っているだけに、少しくすんだ薄黄色《うすきいろ》い屋根と土壁《つちかべ》の家並みの彼方《かなた》にテルミナス河が見える。

青緑色の大河。自分の命を呑《の》み込みかけた魔《ま》の河。その遥《はる》か数キロ先にある断崖《だんがい》の地が隣国《りんごく》アグニカだ。

カリキュラは両目をごしごしとこすった。右の手首に着けた赤・青・黄色の数珠状のブレスレットが揺《ゆ》れる。亡《な》くなった姉シビュラの形見だ。

自分は生きている。

それは確かなのに、まだあの世とこの世の境界を彷徨っているような気分になる。身体の半分が冥界《めいかい》にあって残り半分が現世にあるような感じがする。自分は、本当は死んでいたはずなのだ。

運がよかった……と人は言うのかもしれない。

確かに運がよかった。

泳げないのにテルミナス河に飛び込んで。河の水が口の中にざぶざぶ入ってきて、ああ、自分は死ぬんだ、お姉ちゃんのところに行くんだ……そう覚悟《かくご》した時に、後ろから誰かの腕につかまれたのだ。

いきなり水面から出た。

《空⁉　空⁉》

空気！

息！　息！

《大丈夫《だいじょうぶ》だ、まだ生きてる！》

と男の声がした。

え？　え？　え？　何？　逃《に》げなきゃ。殺される。

ばたばたもがいた。

《暴れるな！　助けようとしてんだぞ！》

そこで初めて認識《にんしき》した。

ガセル人の漁師だった。漁師が飛び込んで自分を助けてくれたのだ。

でも、私掠船の連中は？
《あそこだ！　逃がすな！》
とアグニカ人の私掠船の男が叫んだ。
《おまえら河川賊か！》
漁師の一人が銛《もり》を投げた。慣れない上方向への投擲《とうてき》だったが、腕は抜群《ばつぐん》だった。矢を射ようとしたアグニカ人は一撃《いちげき》を食《く》らって後ろ向きに倒《たお》れた。
《大丈夫か？》
と漁師たちがカリキュラを引き上げる。
《逃げて！　ゴルギントが！》
とカリキュラは咳《せ》き込みながら叫んだ。
《私掠船か！》
すぐに角笛を吹《ふ》く。たちまち漁船が十隻《せき》ほど集まってきた。皆《みな》、銛を持っている。テルミナス河にはとんでもない大物の魚がいて、銛で突《つ》くのである。
《アグニカの私掠船だぞ！》
《アグニカの野郎《やろう》！　ぶっ殺してやる！》
集まったガセルの漁船が私掠船へ向かう。カリキュラの舟《ふね》は、反対に陸を目指す。

《逃《のが》すな！　ぶっ殺せ！》
とアグニカの私掠船の男たちが叫ぶ。
《うるせえ！　死ぬのはてめえだ！　糞《くそ》アグニカ人め！》
《女を襲《おそ》っててんじゃねえ！》
《死ねや～っ！》
ガセルの漁師たちが次々と銛を投げる。カリキュラが乗っていた商船の甲板《かんぱん》にいたアグニカ人が二人倒れた。
強い。
《絶対に逃がすな！　お館様の命令だ！》
とアグニカの私掠船のリーダーが叫ぶ。アグニカの小型の舟が数隻《すうせき》、カリキュラの舟を追いかけてきた。
《てめえ、まだ来るのか！　しつけえぞ！》
《地獄《じごく》へ行けや！》
漁師が銛を投げる。
先頭のアグニカの舟の漕《こ》ぎ手に銛が命中した。漁師が銛を引く。漕ぎ手がテルミナス河に落ちた。その拍子《ひょうし》に舟もぐらついて、他のアグニカ人の男たちも落ちた。

《私掠船なんざ、怖かねえぞ！　一昨日来やがれ！》
とガセルの漁師たちが挑発《ちょうはつ》する。
商船の裏側から、さらに五隻、舟が飛び出してきた。
《やべ！　逃げるぞ！》
と踵《きびす》を返して陸へ向かう。私掠船の舟もカリキュラを追いかける。
角笛が鳴った。独特の鳴らし方である。
ふいに前方から三隻の軍船が見えてきた。ガセルの軍船だ。角笛は仲間だけでなく、ガセルの軍船も呼んでいたのだ。
ガセルの軍船が、一斉《いっせい》に矢を射《い》た。揺れている船の上なので、そうは当たらない。それでも、近くには矢が落ちる。アグニカの舟は止まらざるをえない。
《この先で商船が襲われてんだ！　私掠船だ！》
その言葉に三隻の軍船がテルミナス河を突っ切っていく。
帆船《はんせん》ではない。
ガレー船である。ガレー船には漕ぎ手が多数いるので、兵の数も多い。
《もう大丈夫だ……安心しな》
と漁師がカリキュラに声を掛《か》けてくれた。岸が見えていた。ガセル側の陸地である。陸

に辿《たど》り着けば安全圏《あんぜんけん》だ。さすがのアグニカの私掠船も追ってはこられない。

（助かったんだ……）

そう思った途端《とたん》、いきなり涙《なみだ》が溢《あふ》れた。流れだすと止まらなかった。止める術《すべ》もなかった。カリキュラは子供のように泣いた。やっと危機から逃れた安堵《あんど》から、号泣《ごうきゅう》した。せっかくの陸地は涙でよく見えなかった。

あれからもう三日になる。陸に戻《もど》ってきた時には、自分だけ助かってしまったという思いで罪の意識に囚《とら》われていた。あとで助かった五人と再会して、また号泣した。でも、他の乗組員は殺されてしまった。

自分のせい――自分がまっすぐピュリスへ向かったせいだ。ヒュブリデの船に乗り込むべきだったのだ。なのに、自分が直行しようとしたせいで、大切な仲間を死なせてしまった。

商会の仕事は休んでいる。幸い、右腕《みぎうで》となる人間は船に乗船していなくてガセルの方にいたので、その右腕の人間に任せている。今はもう、アグニカに行く気持ちはない。商会も、右腕の人間に譲《ゆず》った方がいいのかもしれない……。

カリキュラは顔を横に向けた。ベッドのそばのサイドボードに、翡翠《ひすい》の髪飾《かみかざ》りが載《の》っている。

イスミル王妃からいただいたものだ。

襲われた時、自分は翡翠の髪飾りを挿《さ》していた。テルミナス河に飛び込んでも、不思議と翡翠の髪飾りは外れなかった。

カリキュラは髪飾りに手を伸《の》ばした。

少しひんやりとしている。

イスミル王妃は、お守りとして渡《わた》すように、気を落とさぬようにとドルゼル伯爵《はくしゃく》に告げたそうだ。

その気持ちを思うだけで泣きそうになってくる。自分がテルミナス河で溺死《できし》しかけた時、もしかすると姉だけでなく王妃の翡翠の髪飾りも自分を守ってくれたのかもしれない。

(妃殿下《ひでんか》……)

会ったことのない方の名前を胸の中でつぶやいたその時、部屋の扉《とびら》の向こうで物音がした。

「こ、こちらでございます……で、ですが、お待ちいただければわたくしが呼んで……」

と慌《あわ》てた男の声が聞こえる。

「養生している者を連れてまいれなどと申さぬ」

とがたいのよさそうな、男の太い声が聞こえた。

（誰……？）

誰かが面会？

「入るぞ」

軽いノックの後に扉が開いた。前髪《まえがみ》を左寄りに七三に分けた男が姿を見せていた。眉《まゆ》は太い一直線で、少し広めの鼻筋がまっすぐ顔を縦断している。ごつい身体の持ち主だった。特に胸板《むないた》が厚い。明らかに武人とわかる身体つきである。

一目でカリキュラは相手の正体に気づいた。

大貴族のドルゼル伯爵だった。顧問《こもん》会議のメンバーにも名を連ねる、王国の実力者である。一度だけ会ったことがある。

（うわわわっ！）

慌ててカリキュラはベッドから起き上がろうとした。

「そのままでよい」

とドルゼル伯爵が制する。

「事情は聞いた。このたびのこと、決して許されることではない。陛下にも妃殿下にもご報告申し上げる」

と引き締《し》まった表情でドルゼル伯爵が言う。

ふと、伯爵の視線がカリキュラが握《にぎ》っているものに向いた。

「妃殿下のものか……。妃殿下がおまえを守ってくださったのかもしれぬな」

と少しだけ表情を緩《ゆる》める。

それから、また引き締まった表情に戻ってカリキュラに告げた。

「わたしはこれから王都に戻る。どんな形であれ、このたびの落とし前は必ずつけさせる。ゴルギントは大いに後悔《こうかい》することになろう」

2

ベージュ色の壁《かべ》を切り取る背の高いガラス窓には、レースのカーテンが掛《か》けられていた。だが、せっかくの採光能力は曇《くも》り空《ぞら》のためにあまり活《い》かされていない。

ガセル王国エメリス宮殿――。

深い茶色の横長のテーブルに着いているのは、ガセル王国の中心人物だった。黒い口髭《くちひげ》を蓄《たくわ》えた少し痩《や》せた浅黒い肌の男は、神経質な顔だちをさらに神経質にさせてうつむいていた。髪《かみ》の毛は短い。目は二重まぶたで、頬《ほお》はこけてはいないが、肉はない。鼻筋は通っていて、鼻頭《はながしら》は小さめである。紫色《むらさきいろ》の一枚布で細身の身体を覆《おお》って、金色の帯を腰《こし》の辺り

で結んでいる。

ガセル王国国王パシャン二世である。

その隣では、小柄《こがら》な美女が怒《いか》りに唇をふるわせていた。黒髪はミディアム丈《たけ》で、顔は小さい。小顔の美女である。いつもなら愛嬌《あいきょう》のあるつぶらな瞳は憤怒《ふんぬ》に満ちていた。白い透《す》けるようなドレスからは、形のよいツンツンのＥカップのバストが突き出しているが、それを愛《め》でる者はいない。そのような雰囲気ではない。

パシャン二世の妃《きさき》、イスミルだった。ピュリス王の実の妹である。イスミルは顧問会議のメンバー、ドルゼル伯爵から不幸な事件を聞いたところだった。

イスミルの腹の中は煮《に》えくり返っていた。

「わたしの忠告も無駄《むだ》になったということですね」

とイスミルは唇をふるわせた。シビュラ殺害を聞いた時――それもアグニカ王国のサリカ伯ゴルギントが絡《から》んでいると聞いた時――ゴルギント伯に使者を遣《つか》わせて、シビュラを殺した者を決して許さぬこと、代償《だいしょう》は必ず払《はら》わせることを告げさせている。恐懼《きょうく》して待つがよいというきつい言葉もぶつけている。

だが――シビュラの妹までもが襲撃《しゅうげき》されたのだ。イスミルの警告を無視したどころか、イスミルの顔に泥《どろ》を塗《ぬ》る行為《こうい》だった。

「所詮《しょせん》、アグニカは信用できぬ国ということです。血には血を、命には命をです。いかなる手加減もするべきではありません。ゴルギント伯には血の報復をすべきです」

と怒りを抑《おさ》えてイスミルは言葉を絞《しぼ》り出した。本当は怒鳴《どな》り散らしたいところだった。ゴルギントの糞めと言ってやりたい。だが、自分は王妃。感情を振り回して取り乱すわけにはいかない。それでも、

（ゴルギントめ……）

と胸の奥で呪《のろ》わずにはいられなかった。

（わたしのお気に入りを殺しただけでなく、その妹まで葬《ほうむ》ろうとするとは……！）

パシャン二世は黙っていた。妻が怒《おこ》っているから何も言わないのか。あるいは何かを考えているのか。慎重派《しんちょうは》ゆえに、戦によって引き起こされるいくつもの問題を考えて沈黙しているのか。

「わたしはシビュラのことをとても気に入っていたのですよ。また呼んで、ムハラをつくらせようと思っていたのです。妹にも、翡翠の髪飾りを贈ったばかりなのですよ？　それを……許されることだと思いますか？」

とイスミルは怒りを重ねた。穏《おだ》やかに言おうと思いながらも、鎮火《ちんか》せぬ憤怒が込み上げて爆発《ばくはつ》しそうになる。心の中は大火である。

「妃殿下の怒りは尤《もつと》もでございます。襲撃を命じた者に最大級の罰《ばつ》があらんことを」

と家臣の一人が口にする。

「戦をするのか？」

と尋《たず》ねたのは、夫のパシャン二世である。

「黙っていたら舐《な》められるわ！　あなた、違う⁉」

とイスミル王妃は嚙《か》みついた。思わず怒りを炸裂《さくれつ》させてしまった。

「すぐにとはいかぬぞ。それなりの準備がいる。ゴルギントは手強《てごわ》い男だ。あの男は負けたことがないと聞いておる」

夫は慎重派である。それが逆に神経を逆撫《さかな》でして、

「ええ！　だから、今度こそ代償を払わせるのです！　己の命で！　あの男は裁判協定を守るつもりなど、ないのです！　これからもずっと協定を破りつづけるでしょう！　そして我《わ》が国《くに》の商人を殺しつづけるでしょう！　それを耐《た》え忍《しの》ぶべきだと⁉」

とイスミルは叫ぶように答えた。もはや感情を抑えるのが難しい。

妻の抗議に対して、夫は答えなかった。貝になった夫にイスミルは畳《たた》みかけた。

「あなた、覚悟を決めて。今のままでは何も変わらないわ。あの男は力によってしかどうすることもできない」

「それでも使節は派遣すべきではないか？」

とパシャン二世が提案する。

「無駄よ。何も変わらない」

「変わらずとも、形としては踏《ふ》むべきです。それに使節を派遣すれば、あの男が何を考えているのかも探《さぐ》れましょう。それは戦の時にも必ず役に立つはず」

と家臣が進言する。

（わたしに刃向《はむ》かうのですか！ そのようなこと、無駄だと申しているのです！ あの男は力でしか言うことを聴《き》きませぬ！）

本当はそう言い返してやりたかった。

だが、自分は外様《とざま》。

ガセル生まれの者ではない。ガセル人でもない。隣国から嫁《とつ》いできた者である。顧問会議にも臨席して口出しする自分のことを、よく思わぬガセル人の大貴族がいることは知っている。

イスミルは感情を理性で無理矢理《むりやり》抑《おさ》えつけにかかった。洗われるのをいやがる猫《ねこ》のように感情が暴れる。それでもなんとか封《ふう》じ込めて、イスミルはうなずいた。夫に顔を向ける。

「使節についてはあなたの言う通りにして。でも、強く念を押《お》させて。次に我が国の商人

が殺されるようなことがあれば、いかなる手段も辞さない。おまえの首を取りに行くと言わせて。愚《おろ》か者《もの》には鉄槌《てっつい》を喰《く》らわせねばなりませぬ。このたびのことを必ず後悔させるのです」

「辺境伯《へんきょうはく》には——」

と口を開いたドルゼル伯爵に、イスミルは首を横に振った。

「ヒュブリデに伝える必要はありません。先日もくだらない提案をしてきたばかりですよ？　明礬石のことがあるからヒュブリデは腰砕《こしくだ》けです。何もしません」

と言い切った。それから言葉をつづけた。

「すぐに兄上とメティスに連絡《れんらく》を。助力を求めなさい。ゴルギントに報《むく》いを受けさせるのです」

3

広大な森の中を、犬が吠《ほ》えている。吠えながら追いかけている。森の中でがさがさと音を立てて逃げまわっているのは、立派な角を伸ばした鹿である。

毛並みのいい馬に跨《また》がり、青く染めたチュニックの上から左右色違《ミ・パルティ》いの外衣《シュルコー》を着て森の

中を進んでいるのは、金髪《きんぱつ》とエメラルドグリーンの瞳の中年の巨漢《きょかん》であった。身長は百八十センチほど、体重は優に百キロを超《こ》えている。

サリカ伯ゴルギント――アグニカ王国の中でも指折りの資産を誇る重臣である。貴族の嗜《たしな》み、鹿狩《しかが》りを楽しんでいる最中だった。森はゴルギント所有のもので、一般《いっぱん》の者が森の中で獣《けもの》を倒すと死罪となる。中世の森はすべての人に開かれたものではなく、一部の王侯《おうこう》貴族限定のものである。

犬がひときわ激しく吠えはじめた。犬の声が交差する。

（鹿め、こっちへ向かってくるな）

ゴルギントは馬上で矢を番《つが》えた。弓を絞ってその時を待つ。

ふいに緑の中から立派な角を伸ばした鹿が飛び出した。ゴルギントは充分《じゅうぶん》に絞った弓から矢を放った。

ひゅんと音がした。空気が流れる。

射た瞬間《しゅんかん》、確信した。

矢は見事に首に命中していた。それでも驚《おどろ》くべき生命力を発揮して鹿が駆《か》け抜《ぬ》ける。だが、途中で脚《あし》がもつれて森の中に倒れた。

犬が吠え声とともに鹿に近づく。

「いったかな?」

と同じ大貴族の男がゴルギントに馬を寄せる。ゴルギントは満足の笑《え》みを浮《う》かべながら鹿に馬を寄せた。

鹿は痙攣《けいれん》していた。首からの流血が鹿の行動力を奪《うば》っている。

「首とは凄《すご》いな」

と友人の大貴族が褒《ほ》めたたえる。一番よくあるのは胴体《どうたい》への命中だ。首への命中は難しい。

「相手がメティスの時にも、こうできればな」

とゴルギントはピュリスの名将の名前を口にしてみせた。

「メティスも鹿のように悶《もだ》えることであろう」

と友人が言葉を受け、ゴルギントは笑った。だが、その笑いは長続きしなかった。執事《しつじ》が馬に乗って姿を見せていたのだ。

(なぜこんなところに――)

不快と不安が入り混じる。狩《か》りが終わるまで森の外れで待っている予定だったのではないのか?

「何かあったか」

とゴルギントは執事に顔を向けた。執事が馬を寄せて囁《ささや》く。

一瞬《いっしゅん》、怒りで全身の毛が逆立ちしそうになった。必ず仕留めよと命じたにもかかわらず、私掠船の者たちがカリキュラの殺害に失敗したのだ。あの生意気な小娘《こむすめ》はピュリスには着けなかったが、無事ガセルに戻ったという。

せっかくの狩りが台無しであった。自分が鹿を射止めるよりも、部下がカリキュラの命を射止めてくれた方がよっぽどよかった。

(失敗した者を殺してやるか……!?)

一瞬怒《いっしゅんいか》りに駆られてゴルギントは、どじを踏んだ馬鹿どもを始末してやろうかと考えた。テルミナス河の魚の餌《えさ》にくれてやってもいい。自分に逆らう者、役に立たぬ者は無用だ。

が――ゴルギントは思《おも》い止《とど》まった。代わりのいる者の命なら、いくら奪っても問題はない。だが、代わりのいぬ者の命を奪えば、己に跳《は》ね返る。

ただ、咎《とが》めは受けさせねばなるまい。このたびの失敗が少なからぬ影響《えいきょう》を与《あた》えるのは間違いない。

殺害が成功していれば、死人に口なしであった。ガセルはゴルギントの仕業《しわざ》だと騒《さわ》ぎ立てるだろうが、証拠はない。

あの短気なイスミル王妃が戦争を決意する？

来るなら来いだ。ガセルだけが向かってくれば、自分の思う壺《つぼ》である。ガセル単独ならば、短期間で優位な状態に持ち込める。怒りに震《ふる》えるガセル軍を撃破《げきは》すれば、潮目が変わる。俄然《がぜん》、アグニカが優位に立つ。そこでアグニカに有利な協定を結ばせればよい。

だが、部下が殺害に失敗した。ゴルギントの私掠船の連中がやらかしたという証拠はないが——ガセルが手に入れた私掠船のメンバーの死体にはゴルギントの部下という証拠はないはずだが——ガセルは「ゴルギントの私掠船だ」と言い張るだろう。裁判協定を遵守《じゅんしゅ》せよと強く迫《せま》ってくるだろう。そしてピュリスに軍事協力を求めるだろう。

ピュリス軍とガセル軍が襲いかかっても負ける気はしないが、少し面倒になる。まず気になるのはアグニカ王宮との関係だ。アストリカ女王は好ましく思わないだろう。それに、あのリンドルス侯爵《こうしゃく》が出てくるに違いない。あの男は自分の力を削《そ》ぎたくてたまらないはずだ。今でもあの男は、自分がインゲ伯グドルーンを王位に即《つ》けたがっていると思っているに違いない。

事実である。

あの男に余計な尻尾《しっぽ》をつかませることはしたくない。しかし、ガセル商人たちをのさばらせて、アグニカとガセルの間の裁判協定を悪用させることはもっとしたくない。

次に気になるのはピュリスだ。特にメティスの動きが気になる。メティスは最も警戒し

なければならない相手だ。油断すれば寝首を掻《か》かれる。

最後に――そして個人的に一番気になるのはヒュブリデだ。法、法とうるさいヒュブリデ王国は、今度こそ強く出てくるだろう。艦隊派遣もありうる。もちろん、艦隊派遣でびびる自分ではない。ヒュブリデは我が国に明礬石を依存《いそん》しており、さらに貴族会議の戦争課税反対決議があって大軍の派遣はできない。船も焼失《しょうしつ》して、王が今自由に使えるガレー船はわずか三隻。他の大貴族の船を借りても五隻ぐらいにしかなるまい。二十隻のガレー船と二百隻の小型の舟を麾下《きか》に置くゴルギントからすれば、なんら恐《おそ》るに足るものではない。

ただ、カジノで出会ったあの若造――国務卿兼《こくむきょうけん》辺境伯ヒロトが厄介《やっかい》だ。ピュリスとガセルに呼びかけて三カ国での艦隊派遣が実現した場合、アストリカ女王が不用意に折れてしまう可能性がある。最悪、自分の進退問題にも発展しかねない。両方ともに是非とも避《さ》けたい。

となると――。

（打たねばならぬ手が三つある）

そうゴルギントは頭の中を整理した。

アグニカ国内からの抗議を封じるための手。

ピュリスに武力行使を躊躇《ちゅうちょ》させ、あわよくば打撃《だげき》を与える手。

ヒュブリデがピュリスと手を組まぬように牽制《けんせい》する手――。

（一つ目には生贄《いけにえ》の羊がいるな）

生贄の羊。

すなわち、カリキュラの殺害未遂《みすい》にゴルギントは関与《かんよ》していないと喧伝《けんでん》するための犠牲《ぎせい》――。

（このたびのことは河川賊がしでかしたことにすればよい。その者はわしの裁判所によって罰を受ける）

ガセルは納得《なっとく》しない？

間違いなく。

だが、アストリカ女王はどうだ？　わしはわしの領地でわしの法に従って裁いたのだ。

そう言い張って、それでも文句をつけてくるか？

否だ。

サリカでの裁判権は、女王ではなく自分が持っているのだ。

（次はピュリスだ。ピュリスに武力行使を躊躇させるためには、いかに我が防備が強靱《きょうじん》かを示さねばならん）

最もアグニカに近い領地ユグルタを治める智将メティスも来る？　イスミル王妃の使節が要請《ようせい》すれば、その可能性は高い。

いや。

すでに動き出している可能性もある。もしピュリス王から攻撃《こうげき》命令が下されれば、あの女は必ず自分で偵察《ていさつ》に来るはずだ。トルカ紛争《ふんそう》の時のように――。

（ガレー船を出動させれば面白《おもしろ》いことになる。虱潰《しらみつぶ》しにやれば、やつを仕留《しと》めることも不可能ではない――）

もし仕留めることができれば、完全に潮目が変わる。ピュリスは大打撃《だいだげき》を喰らう。自分もメティスを倒した者として名を馳《は》せることになる。

無意識のうちに、ゴルギントは胸を掻《か》いた。その下にはかつて受けた剣《けん》の傷痕《きずあと》がある。

（最後はヒュブリデだ。ヒュブリデの動きを封じるためには、ヒュブリデの商船に脅《おど》しを掛けてやるか？）

その方が気分はすっきりする。

だが、ヒュブリデにはあの生意気な若造がいる。ヒロトはピュリスの侵攻《しんこう》もマギアの侵攻もともに撃破している。あの男の性根《しょうね》は無類のタカ派だ。武力行使を厭《いと》わない。しかも、あの男の後ろにはヴァンパイア族がいるのだ。ヴァンパイア族は基本的にアグニカに関わ

らないはずだが、シビュラを殺害させた後、ヒロトの親友がヴァンパイア族の娘《むすめ》を連れてやってきた。ヴァンパイア族が絶対関わらないとは言えない。

(商船の拿捕《だほ》はまずい)

ならば、有効な手は？

(生贄のことを知らせてやるか)

自分たちはすでに下手人を突き止めた、下手人を始末した——。それでもヒュブリデは強い態度で臨《のぞ》めるだろうか？

(いや。それだけでは不充分《ふじゅうぶん》だ。餌があった方がよい。ヒュブリデなら食い付く甘《あま》い餌がな)

ヒュブリデの連中は不安で仕方がないのだ。明礬石のことが気になって仕方がないのだ。ならば——。

己の妙案《みょうあん》に思わず笑みが走った。鹿を仕留めた瞬間と同じ、会心の笑みだった。

(これでヒュブリデを、いや、あの若造を封じ込《こ》められる。二度とあの若造が表に出られぬようにできる)

三つの手を考えて、ゴルギントは執事に顔を寄せた。

「今からわしの言う三つの手を逐次《ちくじ》実行せよ。まず一つ目は——」

第二章　使えないパイプ

1

　ヒュブリデ王国の東に位置する森林豊かなマギア王国――。

　その北側のゆるやかな丘陵地《きゆうりようち》にベージュ色の天幕が点在していた。円形の天幕で、屋根の中心に向かって円錐《えんすい》になっている。

　ヴァンパイア族の住居である。その住居の前で、青い翼《つばさ》を畳んで、長い金髪を伸ばした長身の女が剣を握っていた。

　切れ長の目の、美しい女だった。目は少しつり上がり気味で、女海賊《かいぞく》のような威圧的《いあつてき》なオーラがあるが、間違《まちが》いなく美人である。おまけに超《ちよう》グラマーだった。一〇〇センチ以上のボリュームを誇《ほこ》るバストを黒い布で覆い、豊かな腰とヒップを黒い腰布《こしぬの》で巻いている。

　北方連合代表デスギルドだった。デスギルドは、剣を握った部下と手合わせの最中だった。

「はぁっ!」

叫《さけ》び声《ごえ》とともにバストを揺らして襲いかかった。部下の男がかろうじて剣を剣で受け止める。が、剣の威力《いりょく》がありすぎた。両手で握った剣で受け止めたにもかかわらず、どたどたと後退し、それでも身体を支えきれずになさけない姿勢でどうと後ろに倒れたのだ。

「親方様、強いよ」

と部下が嘆《なげ》く。

「おまえが弱いんだよ」

とデスギルドが笑う。それから、空から近づいてきた親友に気づいた。赤い翼を広げて女のヴァンパイア族がデスギルド目《め》掛《が》けて滑空《かっくう》してくる。両翼《りょうよく》に風を受け止めて低空を滑《すべ》って、それから着地した。その勢いで小走りに駆けて、デスギルドと抱擁《ほうよう》を交《か》わした。

赤いショートヘアの女だった。赤いチューブトップのビキニから爆乳《ばくにゅう》を破裂《はれつ》させそうなほどふくらませて、赤いショートパンツを穿《は》いている。

男勝《おとこまさ》りの、だが、美人の顔だちだった。男っぽさが溢れているのに、艶《つや》っぽい色香がある。男をゾクッとさせるような嬌《なまめ》かしい双眸《そうぼう》をしている。ゲゼルキア連合代表のゲゼルキアである。

「試合をしてたのか?」

とゲゼルキアは尋ねた。

「いつもの手合わせだ。たまには骨のあるやつとやりたいね」

とデスギルドが笑う。

かつて二人は犬猿《けんえん》の仲であり、何かと張り合って衝突《しょうとつ》を繰《く》り返していた。だが、スララの息子《むすこ》の誘拐《ゆうかい》事件をきっかけに和解し、今や頻繁《ひんぱん》に互《たが》いの領地を行き来する関係になったのだった。

「ガセルに美味《うま》いものがあるらしいよ」

とゲゼルキアは飯の話題に振《ふ》った。

「蟹《かに》料理らしいんだ。ムハラだったかな。激辛《げきから》らしいよ」

「美味いもの？」

「激辛はいいね」

とデスギルドは笑みを浮かべた。激辛料理は好物である。

「あのちびが、しょっちゅうムハラ、ムハラって言ってるらしい。すっかり虜《とりこ》なんだってさ。あのちび、結構美味いもん食ってるからね」

あのちびとは、サラブリア連合代表ゼルディスの次女、キュレレである。凶悪《きょうあく》な速度で飛行することで知られている。間違いなくヴァンパイア族最速だろう。亡くなった母親も

そうだったから、母親譲りに違《ちが》いない。

「あのちび、いい目ばかり見てるね。わたしたちの方が美人なのに、不公平じゃないかい？」

デスギルドはわざと当て擦《こす》って言ってみせた。ゲゼルキアが笑う。

「ヒロトはムハラが苦手らしいよ。ヒーヒー言いながら食ってるらしい。辛《から》いものはだめみたいだね」

ヒロトのことに、思わずデスギルドは笑ってしまった。前回会ったのは、ヒュブリデの王都まで遊びに行った時である。あの時には王都から少し遠出をして白い断崖《だんがい》のような温泉を楽しんだのだ。雪みたいな断崖で、本当に綺麗《きれい》だった。

ヒロトに対しては当初、あまりいい印象を懐《いだ》いていなかったが、今はいい思い出しかない。人間の中でも一番ヴァンパイア族に近い男だなと思う。ヴァルキュリアがぞっこんなのもわかる。

「一度食べたいなって思ってるんだけどね。あのちび、舌は間違いないからね」

とゲゼルキアがつづける。

「どこで食えるんだ？」

「ガセル」

ゲゼルキアの答えに、思わずデスギルドは唸《うな》った。

「ガセルかぁ……。そりゃ遠いよ……」

2

マギア王国の西隣《にしどなり》に位置するヒュブリデ王国の中心、エンペリア宮殿《きゅうでん》――。国務卿《こくむきょう》の部屋の中庭で、シーツが物干し竿《ざお》に掛かって揺《ゆ》れていた。ミミアが干したものだ。中庭を照らす白い陽光はヒロトの寝室《しんしつ》にも溢れている。

寝室にいるのは三人だった。

ヒロトとヴァンパイア族の男性、そして赤いハイレグのきわどいコスチュームにロケットオッパイをなんとか包み込んだ、ナイスバディの女のヴァンパイア族だった。寝台《しんだい》でヒロトの隣《となり》に腰掛《こしか》けてヒロトに爆乳を押しつけている。赤い目の表情が、タイガーアイのようにくるくると変わる。

ヒロトの恋人《こいびと》、ヴァルキュリアだった。ヴァンパイア族の男性はヴァルキュリアと同じゼルディス氏族の者だが、ヴァルキュリアはお構いなしである。いつでもくっつきたい時にくっつくのがヴァンパイア族の女なのだ。

ヒロトは、これからサラブリアに戻るヴァンパイア族の男と談笑《だんしょう》しているところだった。

男はもうすぐ子供が生まれるので、稼《かせ》がねえとなあと笑っていた。

「おれにもおこぼれ来ねえかなと思ってな」

とヴァンパイア族の男がにたにたと笑う。うまい話がないかなと期待している時の、楽しいが軽い笑いである。

「おこぼれ？」

とヒロトは聞き返した。

「商船の連中がお金を払うから船に乗ってくれって、時々頼《たの》んでるらしいんだ」

「請《う》けるの？」

「まあ、金によるな。結構いい金をくれるらしいしな。別に飛ぶ必要もねえし、ただ乗って目的地まで行って、また戻ってくるだけだからな。退屈《たいくつ》だけど、金にはなるって仲間が言ってた」

「みんなもうやってるの？」

とヒロトは話題の深掘《ふかほ》りにかかった。

「みんなじゃねえな。おれの周りじゃ、まだ二、三人かな」

興味深い話である。ヒロトはさらに踏み込んで聞いてみた。

「アグニカと戦争になっても乗る？」

「なるのか？」

と逆に聞き返される。

「なるかもしれない」

「どうかな。わかんねえな。戦争になった時に、船がどうなるかわかんねえしな。一人じゃ乗らねえかな。仲間がいるならかな。あとは金次第《しだい》かな」

とヴァンパイア族の男が正直に答えてくれる。

「自分が乗ってる船にアグニカ人とかガセル人が攻撃してきたらどうする？」

「仲間がいるなら、ぶっ殺す。三人いたら、一人に仲間を呼びに行かせる。そういう時にゼルディスはすぐ来てくれるんだ」

と氏族長の名前を口にする。それからヴァンパイア族の男はヴァルキュリアに顔を向けた。

「ゼルディスに何も伝えなくていいのか？　寂《さび》しがってたぞ」

「別に親父《おやじ》に言うことないしな。親父はキュレレがいるから問題ないだろ」

とヴァルキュリアの返事はそっけない。ヴァルキュリアの父ゼルディスは、長女がもう充分大人に育ったということもあるのか、ことのほか次女のキュレレを猫かわいがりしている。

「いやあ、寂しがってるぞ」

とヴァンパイア族の男性がフォローするが、

「んなことないな。親父はキュレレかわいいかわいいだからな」

とヴァルキュリアが否定する。妹に嫉妬《しっと》しているらしい。ヴァンパイア族の男は、仕方ねえなあという感じで苦笑《くしょう》を浮かべて立ち上がった。

「ちと用を足してくらあ」

「カリキュラの件、よろしくね。どうなったか確かめてね」

ヒロトが念を押すと、ヴァンパイア族の男は軽く手を振って部屋を出ていった。

二人きりになると、ヴァルキュリアがさらに甘えて抱《だ》きついてきた。好きという気持ちが嵩《こう》じて、ヒロトに抱きつかずにはいられないらしい。

「そんなにあのちび女のことが気になるのか？」

と諧謔《かいぎゃく》を込めて尋ねる。表情もにたにたしている。

「念のためだよ。何もなければそれでいい」

とヒロトは補足したが、思い切り気になっていた。もしカリキュラに危機が迫っていて殺されたら、笑い事では済まなくなる。

ガセルとアグニカは、常に戦争に対して再臨界の危機にある。いつでも戦争に突入《とつにゅう》する

危険な状態にある。

発端《ほったん》は銀不足だ。

ガセルでは子供の健康を祝う儀式《ぎしき》に、山ウニというでこぼこの緑色の大きな実を使う。それがガセル本国では採れなくなって、隣国《りんごく》アグニカに頼《たよ》るようになったのだ。それをいいことにアグニカの商人は暴利を貪《むさぼ》った。

銀がガセルからアグニカに大量に流《なが》れ込み、ガセルは銀不足に陥《おちい》った。山ウニを発端にして貿易摩擦《まさつ》が発生し、両国がそれぞれ関税を上げ合い、ついに武力衝突に発展した。敗北を喫《きっ》したガセルはピュリスの名将メティスに援軍《えんぐん》を要請、メティスはアグニカ東端《とうたん》の港町トルカを占領《せんりょう》し、アグニカの重鎮《じゅうちん》リンドルス侯爵を捕虜《ほりょ》にしたのである。

長引く交渉《こうしょう》にヒロトが介入《かいにゅう》して、ヒロトは和平協定ではなく経済協定を結ばせた。山ウニ税を導入して、銀の流出を軽減する措置《そち》を取らせることに成功したのである。アグニカの商人は、売価の八割を山ウニ税としてガセル商人に払わなければならなくなった。

もちろん、それでは儲《もう》けが激減する。

アグニカ商人は、今度は値段を五倍以上に吊《つ》り上げて利益を確保しにかかったのだ。それでまたガセル商人がキレた。ガセル王や王妃《おうひ》たちもキレかかった。再びヒロトが介入してアグニカとガセルの間に裁判協定を結ばせ、一年以内の取引に対して二倍以上の値をつ

けた場合には、証拠《しょうこ》書類とともにアグニカの交易裁判所に訴《うった》えられるようにしたのだ。
協定は、次のように始まっている。

アグニカとガセルの平和と発展のために、以下の通り交易に関する裁判協定を設けることとする。
・アグニカはシドナを首《はじ》めとして、山ウニを扱《あつか》う三つの港に交易裁判所を設ける。
・原告の資格は、アグニカ国王より特許状を得ている者に限定する。
・山ウニについては、前回より二倍以上、または一年以内のものより二倍以上の値を提示された時、提訴《ていそ》できるものとする。
・以上の条件が満たされている場合、山ウニの価格に対する訴えは、即日《そくじつ》直ちに受理されるものとする。
・裁決は一カ月以内に下されるものとする。裁決で不当と判断された場合、二週間以内に過払《かばら》い分を返却《へんきゃく》しなければならない。
・山ウニを商《あきな》う者は、仕入れ値の記録を常備すること。値段について不当であると訴えがあった場合はすぐに提示して公正さを証明しなければならない。
・提示できなかった場合、前回の取引の値段で売るものとする。

交易裁判所は、トルカ港とシドナ港とサリカ港の三つ。トルカとシドナの交易裁判所では問題が起きていない。

だが、サリカ港だけが、裁判協定に反する裁決を繰り返している。理不尽《りふじん》な裁定に不満を懐いたガセルの女商人シビュラは、ピュリス軍の名将メティスを頼ろうとして殺された。恐らく殺ったのはゴルギント伯の私掠船――。

長くつづいた交易上の摩擦で、ガセルはアグニカに対していつでもキレそうな状態になっている。今度は解決してくれるかも……と期待すると、アグニカが不正義や不誠実さを見せてキレかけ、今度こそは……と期待するとまた不誠実さを見せられてキレる。それをくり返している。

その上でのシビュラの事件だった。

ガセルは戦争のボタンを押しかかっている。いや、すでに開戦のボタンを押した後かもしれない。

ヒロトはそう判断して、艦隊派遣《かんたいはけん》でサリカ伯ゴルギントを強く牽制、裁判協定を遵守するように圧力を掛けることを主張したが、大長老や宰相《さいしょう》、そして王自身の反対により提案は退けられた。王国の重臣、枢密院顧問官《すうみついんこもんかん》を派遣《はけん》する案も却下《きゃっか》された。次善の次善の策と

してサラブリア州長官《しゅうちょうかん》の顧問官にしてヒロトの親友、相一郎《そういちろう》をサリカ港に派遣。思いがけずキュレレもついていったことでサリカの交易裁判所の裁判官は、カリキュラに有利な判決を下した。

だが――それでガセル側の溜飲《りゅういん》が下がったわけでも、ガス抜きが完全に行われたわけでもない。むしろ、一時停止ボタンが押されただけである。

騎士《きし》アルヴィが使者として赴《おもむ》き、ガセルとアグニカの協議を提案した時、イスミル王妃は激怒《げきど》している。

《そのような愚策《ぐさく》を献《けん》じるために参ったのですか⁉　ヒロトの提案ですか⁉　ヒロトはそのような愚か者ではありませぬよ！　ヒュブリデは何を考えているのです⁉》

もしカリキュラが殺されるようなことがあれば、一時停止ボタンは解除され、戦争のボタンがONの状態になる。そして今度は一時停止ボタンが効かなくなる可能性が高い。

隣国同士が戦争をしたところで痛くも痒《かゆ》くもない？

痛くもあり、痒くもあった。

ヒュブリデの外貨の稼ぎ元、重要な輸出品は水青染《すいせいぞ》めと呼ばれる高級染め物である。ヒュブリデにしかない水青という植物を使って、美しい水色に染め上げるのだ。

ただ、普通《ふつう》に着色しただけではすぐに水で流れてしまう。明礬《みょうばん》を使って染色《せんしょく》すると、色

が定着して落ちなくなるのだ。その明礬を生み出す元が明礬石だった。

　ヒュブリデ王国にはウルリケ鉱山という有名な明礬石の鉱山があって豊富な産出量を誇っていたのだが、出水で採掘《さいくつ》が不可能になってしまった。明礬石が手に入らなければ、水青染めはできない。そこで隣国のアグニカ王国から明礬石を輸入することになったのである。ヒロトが出向いて話をつけたのが、二カ月ほど前の話だ。

　明礬石を積載《せきさい》するのが最もヒュブリデに近いトルカ港なら、問題は少ないのだ。よりによってヒュブリデからは最も遠いシドナ港なのである。シドナ港からヒュブリデに戻《もど》る間に、サリカ港の沖を通過する。間違いなく、サリカ港の沖は戦闘《せんとう》区域に入る。明礬石を積んだヒュブリデの商船が、航行中に攻撃されたり拿捕されたりということが起きる可能性が大きくなるのだ。最悪、航行できなくなってしまうかもしれない。

　河がだめなら陸で運べばいいと言うかもしれないが、明礬石を陸で運ぶとなると、いったいどれだけ運搬《うんぱん》費用が掛かるのかわからない。輸送費は、陸で人の手によって運ぶよりも、船舶《せんぱく》を使った方が遥《はる》かに安いのだ。おまけに明礬石は貴重で商品価値が高いので、護衛の費用も嵩《かさ》む。十倍どころでは済まないだろう。大量の運搬には船が一番なのだ。中世ヨーロッパでも、小麦や大麦の大量輸送には船が使われていた。陸路での運搬は、三十キロ以内の近距離《きんきより》の輸送か、相当値の張るものの輸送が主だった。

ともあれガセルとアグニカが長期的な戦争をおっ始めると、一番割を食うのがヒュブリデなのである。

戦争がすぐ片がつくのなら問題ないのだが、アグニカは攻め落とすには難しい国である。山地が多く、軍隊を大規模に展開する場所が限られている。戦争の長期化は必至《せ》だ。つまり、明礬石の輸入に問題が起きる期間が長くなるということである。たとえヒュブリデが中立を宣言したところで、完全に被害《ひがい》から免《まぬが》れるわけではない。アグニカにとって戦局が不利となれば、アグニカがヒュブリデの商船を人質《ひとじち》代わりにしてヒュブリデに参戦を促《うなが》すということになりかねない。

ヒュブリデの国利から言うなら、ガセルとアグニカの間に戦争を起こさせないのが一番なのだ。

でも、ガセルはキレかかっている。サリカ港の交易裁判所が裁判協定を遵守しない限り、両国は確実に衝突する。だが、交易裁判所を恣意的《しいてき》に操《あやつ》っているサリカ伯ゴルギントに、裁判協定を遵守する気持ちはない。ゴルギント伯は簡単には人の言うことを聴かない男である。

（どうやって戦争を抑《おさ》えるか。ゴルギントに効果的な圧力を加えて、裁判協定を守らせるか……）

ガセルとアグニカの戦争は抑えたい。抑えることが、ヒュブリデの国利になる。ヒュブリデの未来にもつながる。

ヴァンパイア族を百人でもサリカ上空に派遣できればＯＫ？

もちろん。

だが、ゼルディスは乗り気ではない。ゼルディスが乗り気ではない以上、ゼルディスとの関係性を重視するゲゼルキアもうんとは言わないだろう。

確かめてみる？

「ゴルギントのことで親父さんに頼んでも、やっぱりだめだよね？　サリカに何十人か派遣して威圧《いあつ》してくれって頼んでも――」

とヒロトは聞いてみた。ヴァルキュリアが、抱きついていた状態から身体を離《はな》す。

「親父は絶対うんって言わないぞ。わたしの件なら、もうリンドルスが謝《あやま》ったからな。ゴルギントがうちの連中に馬鹿なことしやがったら、いつでもぶっ叩《たた》きに行くけど」

とヴァルキュリアも乗り気ではない。ゴルギント伯がヴァンパイア族に危害を加えたのなら、ヴァンパイア族はすぐに動く。だが、ガセル人が危害を加えられたからといって動きはしないということである。

（やっぱりゼルディスはだめか……）

「ゲゼルキアも同じだよな？」

「親父が動かないからな」

とヴァルキュリアが答える。

デスギルドは？

「デスギルドに、サリカ上空に百人派遣して脅してほしいって言ったら、引き受けてくれるかな？」

ヴァルキュリアは速攻《そっこう》で首を横に振った。

「遠すぎるって言うぞ。マギアからヒュブリデを越《こ》えて、アグニカの真ん中まで行くんだぞ？　大遠征だぞ？」

確かに遠い。しかし、頭の中で片づけたくない。

「一応やんわりと確かめてもらってもいい？」

「いいけど、絶対断られるぞ」

とヴァルキュリアは否定的である。

無理もなかった。確かに遠すぎるのだ。ゼルディスに同調する必要がない分、頼めば受けてくれる可能性はあるが、それはサリカまでの距離《きょり》を度外視した場合の話だ。デスギルドたち北方連合は、ヒュブリデの東の隣国、マギア王国の北方に位置している。そこから

ヒュブリデを横断して、さらに西の隣国、アグニカ王国の中部まで移動しなければならない。ヴァルキュリアの言う通り大遠征になる。

となると、現実的に可能なオプションは艦隊《かんたい》派遣だ。

だが、艦隊派遣は理想的ではない。あれは初手で行っておくべきものだった。二手目となると効果が薄《うす》れる。それでもやらないよりはましだ。

(今後こそは艦隊を派遣するしかない)

ただ、初手の艦隊派遣よりも有効性は低い。効果を高めるためには――。

(難しいかもしれないけど、三カ国での艦隊派遣ができれば、充分な圧力は加えられる。仮にピュリスと二カ国だけでも、効果はある)

メティスに話を振っておいた方がいいかもしれない。

ヴァンパイア族の男が部屋に戻ってきた。

「今、メティスに手紙を書くから、もう少しだけ待ってて」

とヒロトは大急ぎで手紙を認《したた》めた。

《自分の力不足で艦隊派遣はならなかったが、ヒュブリデはゴルギント伯に対して強い態度を見せるべきだと思っている。もしできるならば、メティスと共同で強い態度を見せるべきだと思っている。お願いすることになるかもしれない――》

そう記してヒロトは手紙を封《ふう》じ、ヴァンパイア族の男に渡《わた》した。

「これをアスティリスに。メティスへの手紙だって伝えて」

「あいよ」

ヴァンパイア族の男は外に出た。両翼を伸《の》ばして、ばさっと音を立てて飛び立っていった。

（これでいざという時には――）

そう思って、ふと思った。ヒュブリデとガセルとピュリスの三カ国が自分を封じ込めに来ることは、ゴルギント伯もわかっているのではないだろうか？　ゴルギント伯が黙《だま》ってそんなことをさせるだろうか……？

第三章　一つ目の手

1

中世の海賊は、多くが農民の兼業《けんぎょう》だったと言われている。特に北欧《ほくおう》のヴァイキングはそうだった。作物が取れない時期になると、船で繰り出して暖かい地、それゆえ豊かな地へと略奪《りゃくだつ》に向かうのである。

テルミナス河に巣くうアグニカの河川賊《かせんぞく》も同じだった。

大河テルミナスは、アグニカ沿岸とガセル沿岸ではまったく違う様相を見せる。ガセルでは遠浅で、肥沃《ひよく》な土地が広がっている。対してアグニカでは切り立った崖《がけ》が多く、川岸のラインはリアス式海岸のようになっていて複雑に入り組んでいる。

ガセル側の河畔《かはん》はなだらかで、毎年テルミナス河が栄養分の含《ふく》んだ豊かな土壌《どじょう》を運んでくれる。だが、アグニカ側の沿岸は崖ばかりで、テルミナス河の土の恩恵《おんけい》をあまり受けない。山間部で猫《ねこ》の額のような狭《せま》い土地を耕して糊口《ここう》を凌《しの》ぐことになるが、凌ぎきれるもの

ではない。

貧困《ひんこん》に喘《あえ》ぐ者は、舟《ふね》を駆《か》って河川賊《かせんぞく》の副業に乗り出すことになる。

その痩《や》せた四十代の男もそうだった。身体は痩せているが、がっしりしている。筋肉もついている。

同舟《どうしゅう》の仲間も、同じような体格をしていた。なんとか金目のものを積んだ商船を襲撃《しゅうげき》して、でかい儲けを手にしたい。家で待っている妻子にいいものを食わせてやりたい。そんな気持ちで河川賊稼業《かぎょう》に乗り出しているのだ。

ガセルの商船が単独で横切っていった。通常、ガセルの商船は河川賊を恐れて隊列を組む。だが、きっと急ぎだったのだろう。航行距離も短く、急いで行けば何とかなると思ったに違いない。そしてそういう連中は、河川賊の格好の餌食《えじき》になる。

「行くぞ」

男は仲間に声を掛けて、櫂《かい》に力を込めて漕《こ》ぎだした。仲間の舟を含めて四隻《せき》が一気に距離を詰《つ》める。

ガセルの商船が気づいた。甲板《かんぱん》で慌《あわ》ただしくガセル人が動きまわっているのが見える。

一人が弓矢を構えた。

（当たるもんか！）

ひゅんといやな音が鳴る。だが、数メートル離れて矢はテルミナス河の青緑の水面に呑《の》み込まれた。

自分たちも舟の上。相手は船の上。舟も船も揺れる。船上から射《い》たところでそう簡単に当たるものではない。

ガセル商船に辿《たど》り着いた。

仲間が矢継《やつ》ぎ早《ばや》に矢を射る。自分たちを狙《ねら》い撃《う》ちするガセル商人を牽制しておいて、その間に鉤《かぎ》のついたロープを投げる。

舷側《げんそく》に掛かった。

一番身軽な男がロープを登りはじめる。

「援護《えんご》しろ！」

一人が矢を食《く》らって落ちた。

「くそう！」

舷側に辿り着く。

仲間二人も甲板に上がった。待っていたのは、ガセル人たちである。身体はあまりごつくない。

（こりゃ楽勝だ）

「おらあ、金目のものを出せやあっ！」

どら声を上げた。とりあえず相手を威圧する大声を出しておとなしく従わせるのが河川賊の流儀《りゅうぎ》である。

いきなり妙《みょう》なほら貝の音が響《ひび》いたのはその時だった。振り返った男の目に飛び込んできたのはガレー船だった。帆《ほ》と剣の紋章《もんしょう》旗を掲《かか》げている。

（ガレー船⁉）

一瞬《いっしゅん》、ガセル軍のガレー船かと思った。だが、紋章旗に気づいた。

ガセル軍ではない。

アグニカのものだ。だが、加勢に来た感じはない。

「やべっ、逃《に》げるぞ！」

慌てて甲板からロープに戻る。ガレー船は専門の兵士の集団だ。自分たちのような河川賊が戦える相手ではない。

舟に戻ったところでガレー船に取り囲まれた。

「悪党ども！　観念しろ！　我らはゴルギント伯《はく》の者であるぞ！」

一瞬、言葉を失った。

（ゴルギント⁉　なんでゴルギントなんだ⁉）

アグニカのガレー船が出しゃばってきたことなど、今まで一度もない。連中とは共存共栄をつづけてきたのだ。

もしかして、自分たちが襲《おそ》おうとした商船はとんでもなくやばいやつだったのだろうか？

「早く逃げろ！」

仲間が櫂を漕ぎはじめる。その仲間に向けて、ガレー船の連中が槍《やり》で突《つ》いた。胸から血を噴《ふ》いて河に落ちる。テルミナス河の一部に赤い血が広がる。

「タボル！」

思わず仲間を呼ぶ。

「悪党め、逃げられんぞ！　貴様らは全員逮捕《たいほ》する！」

アグニカのガレー船の船長の太い声が、テルミナス河に響きわたった。

2

二日後——。

アグニカ王国最大の港サリカは野次馬《やじうま》でごった返していた。町の広場に絞首台《こうしゅだい》が設けら

れたところだった。

絞首台は五台。公開処刑《しょけい》というので、多くの者たちが集まっている。アグニカ人だけでなく、ヒュブリデ人もガセル人もピュリス人も集まっている。

足に鎖《くさり》を嵌《は》められた男たち五人が、刑吏《けいり》に引き立てられて広場にやってきた。ガセル商船を襲おうとしてアグニカのガレー船に捕《つか》まった者たちである。不思議なことに、口には猿轡《さるぐつわ》を噛《か》まされていた。

死刑囚《しけいしゅう》たちが揃《そろ》った頃《ころ》に、艶々《つやつや》と黒い毛を輝《かがや》かせた馬が、巨漢《きょかん》を乗せて現れた。身長は百八十センチ、体重は百キロ以上。誇り高きロイヤルブルーのチュニックの上から左右色違い《ミ・パルティ》の外衣《シュルコー》を着ている。

サリカ伯ゴルギントである。部下から報告を受けて、この晴れ晴れしき儀式にやってきたのだ。

「よく聞け！」

とゴルギントは太い声を響かせた。

「我《わ》が裁判官が調べたところによれば、この者こそは、ガセルの女商人を殺し、さらにその妹も殺そうとした悪党である！　我が港サリカの名誉《めいよ》を穢《けが》す者に、生きる資格はない！　精霊《せいれい》の名において、この者を死刑《しけい》に処す！」

死刑囚五人が猿轡のまま、んぐ～、んぐ～～っとくぐもった声を上げる。だが、何を言っているかはわからない。ただ、目には無念の涙《なみだ》が浮《う》かんでいる。

「やれ！」

ゴルギントの命令の下、刑吏たちが死刑囚の首に輪縄を通そうとする。二人は抵抗《ていこう》しなかったが、三人は抵抗した。言うことを聴《き》かせようとして骨の折れるいやな音が響きわたる。

五人がついに絞首台に架《か》けられた。馬が走り出し、足元の台が死刑囚の足からスライドする。死刑囚の身体が放り出され、下に向かってずどんと落ちた。ロープが張って、死刑囚の身体が途中《とちゅう》で止まり、びくんと跳《は》ねる。

軽い音がした。頸椎《けいつい》が折れる音だ。直前まで生きていた者は「かつて人間だったもの」に変わり、瞬時《しゅんじ》にして物体と化した。処刑の完了《かんりょう》だった。

生贄《いけにえ》の羊――スケープゴートは見事に死んでくれた。

ゴルギントは満足して馬を返した。執事《しつじ》がすぐに馬を寄せる。

「アストリカにもすぐに使者を送れ。悪党は裁いたと知らせてやれ。それから、ジゴルはおるか」

執事が、ジゴル！　と叫んだ。後続の騎《き》兵《へい》の中から緑色のマントを羽織った恰幅《かっぷく》のよい

騎士が馬に乗って近づいてきた。派手なイケメンではない。三十歳《さい》くらいの渋《しぶ》い顔だちである。燻銀《いぶしぎん》という感じで、主君を引き立てるには抜群《ばつぐん》のルックスだ。

「ヒュブリデに行って餌を蒔《ま》いてこい」

とゴルギントは命じた。

「レオニダス王にですな。して、餌は——」

ゴルギントはジゴルに囁《ささや》いた。ジゴルが微笑《ほほえ》む。

「食らいつきそうな餌ですな」

「食わぬ愚《おろ》か者が一人おる。馬鹿を葬《ほうむ》ってこい」

とゴルギントは命令を追加した。

「辺境伯《へんきょうはく》ですな」

ジゴルの確認《かくにん》にゴルギントはうなずいた。

「やつは必ず餌に反発する。必ず裁判協定の遵守《じゅんしゅ》を打ち出してくる。それこそわしが望む瞬間《しゅんかん》だ。明礬石で揺さぶれ。グドルーン伯の名前も持ち出せ。それでもやつは恐《おそ》らく反発する。決裂《けつれつ》して戻れ。決裂すれば、やつは責任を取らされてわしの件には二度と表に出てこなくなる。裁判協定も話題にできなくなる」

「それが葬るですな」

とジゴルはうなずいた。

「その通りだ。宰相と大法官と書記長官も揺さぶってこい。エルフは金では動かぬが、人間なら金で動く。餌をばら蒔いてこい」

とゴルギントはさらに指示を付け加えた。

「もしヒュブリデが餌に食いついた場合はいかがいたしますか？」

ジゴルが確認の質問をする。

「その場合は協約を成立させてこい。その方がサリカには望ましい。が――受けはすまい。万が一想定外が発生した場合は、勝手に決めるな。わかっておるな」

ジゴルはうなずき、

「では、葬ってまいります」

と馬の腹を蹴《け》って、先に城館へと向かっていった。ゴルギントは左手で顎《あご》を撫《な》でた。

（うまくやれよ。必ずあの若造を失脚《しっきゃく》させよ）

第四章　将軍と伯

1

オレンジ色の夕陽《ゆうひ》と建物が色的に一つに溶《と》けようとしている——。

ピュリス王国北西部に立つ赤いレンガづくりのテルシェベル城は、赤い夕陽に照らされていた。東の空はすでに紫色《むらさきいろ》へと染まりはじめている。やがて紫《むらさき》は深い藍色《あいいろ》となり、天空は夜闇《よやみ》に包み込《こ》まれるだろう。

城内奥《おく》の二階のベランダには、帯を締《し》めず白いガウンを裸《はだか》の上から羽織ったメティスが切れ長の目を西の空に向けていた。

西の方を見るたびに、いつも恩人のことを思い出す。決して忘れられない最大の恩人のことを——。

自分が将軍に取り立てられた時のことは、今でもよく覚えている。十年ほど前、すでに部隊を率いる長として、メティスは頭角を現していた。メティスが所属する軍に、メティ

スより剣技《けんぎ》に秀《ひい》でる者はいない、否、広くピュリス王国を見渡《みわた》しても互角《ごかく》に張り合えるのはガルデル将軍ぐらいだろうと言われていた。

メティスの部隊の部下たちは、メティスを慕《した》っていて、あなたが将軍になるべきだ、あなたが将軍ならどこまでもついていくと言ってくれていた。だが、他の部隊長たちが、女に司令官が務まるものかと反対していた。

どんなに敵を滅《ほろ》ぼそうが、所詮《しょせん》女。がんばっても部隊長止まり。

そんな時にイスミル王妃が視察に来たのだ。ちょうど前の戦いで司令官が戦死して次の司令官が決まらずに揉《も》めている時だった。その時に、司令官を決めるべくイスミル王妃が派遣されたのである。当時はまだ王妃ではなく、イーシュ王の妹であったが、聡明《そうめい》さは国中に知れ渡っていた。乱暴者だったガルデルを取り立てて英才教育を施《ほどこ》し、名将に仕立てた張本人だと言われていた。

初めて目にした王の妹は、あからさまに王族のオーラを纏《まと》っていた。美しい黒いボブヘアに翡翠《ひすい》の髪飾《かみかざ》りを着けていて、首元を大粒《おおつぶ》の白い真珠《しんじゅ》のネックレスで飾《かざ》っていた。だが、宝石に着られている感じはなかった。宝石が従っている感じがあった。そして凛《りん》とした、明らかに人とは違《ちが》う高貴なオーラが見えない光のようにあふれだしていた。高貴な人とはこういう人のことを言うのだ、とメティスは感じ入った。

《ところで、ここにとてつもなく強い女剣士《けんし》がいるとか。メティスという名前だと聞いていますが、そなたがそのメティスか？》

あの時の姿、あの時の声は今でも覚えている。翡翠の髪飾りも覚えている。自分にとっては絶対に忘れられない瞬間だ。

（イスミル殿下《でんか》はお元気でいらっしゃるだろうか……）

とメティスは思いを馳《は》せた。

ガセル王に嫁《とつ》いで王妃になった今でも、王の妹時代の呼び名で殿下と呼んでしまう。いつまで経《た》っても、イスミル王妃はイスミル殿下なのだ。

ガセルとアグニカの関係は決して良好ではない。シビュラの事件も、それを象徴《しょうちょう》する事件――そしてヒュブリデが腰抜《こしぬ》けだとわかった事件だった。

メティスからすれば、ヒュブリデが初手で艦隊を派遣していれば済んでいる。ヒュブリデは、アグニカ側からすれば敵ではなく味方側である。そのヒュブリデがガセル商人の件で艦隊を派遣すれば、さすがに生意気なゴルギント伯も対応せざるをえなくなる。

明礬石がある？

ヒロトが直々にサリカ港を訪問すればよい。王国のナンバーツーの訪問を受けて、ゴルギント伯は果たして手ブラで帰せるものか。何なら、自分もあとを追って艦隊を派遣して

やってもいい。ヒロトの艦隊の到着《とうちゃく》後数日以内に自分の艦隊が到着すれば、ゴルギント伯がどんな顔をするか。

だが、ヒュブリデは艦隊を派遣しなかった。初手で最も有効なカードを切らなかった。ゴルギント伯は、ヒュブリデには武力行使の意思はないと安心したことだろう。

次に武力行使のカードを切れば、ゴルギント伯を威圧できる?

ゴルギント伯も、次は艦隊を派遣してくるかもしれないと読んでいるだろう。読んでいるカードを繰《く》り出したところで、敗北を喫《きっ》するだけだ。ヒュブリデは――ヒロトは――外交的に失策を犯《おか》したのだ。

カリキュラの件は一応の解決を見たものの、イスミル王妃は不満だろう。いずれ、自分にお呼びが掛かるかもしれない。

2

翌日のことである。

メティスは、カリキュラの部下から話を聞き終えたところだった。話を聞いて、なぜシビュラが夢に出てきたのか、メティスは理解した。夢の中のシビュラはこのことを言って

いたのだ。

部下の話は、腹立たしきことだった。アグニカとガセル両国の裁判協定があったにもかかわらず、シビュラは交易裁判所で不当な裁定を受け、メティスに助力を求めに行く途中、河川賊――恐らくゴルギント伯の私掠船――に殺された。そして妹のカリキュラもメティスに助けを求めに行く途中、襲撃された。命があったのが不思議なほどである。私掠船に襲撃されて助かった者はほとんどいない。

（あの夢はこういうことだったのか……）

メティスは唇《くちびる》を噛み締めた。

シビュラ同様、またしても救えなかったという気持ちが湧《わ》き起こる。もし死んでいたら、シビュラにつづいて妹も救えずに終わっていた。そうなっていたら、どれだけ後悔《こうかい》したことか。今でも、なぜ先日カリキュラが来た時に会えなかったのかと思っているほどなのだ。

自分に対しても、そしてヒュブリデに対しても怒《いか》りを覚えた。

（ヒュブリデが中途半端《ちゅうとはんぱ》な態度を取るからこうなるのだ。格下の使者を送って、ゴルギントが言うことを聴くものか。最初から艦隊を派遣しておれば……！）

悔《くや》しくなる。さぞかしイスミル殿下もお怒りであろうと思う。自分だって怒《おこ》っているのだ。

「将軍は妃殿下《ひでんか》の翡翠の髪飾りをご存じですか？」

とカリキュラの部下が尋《たず》ねた。

覚えていた。初めて会った時も、翡翠の髪飾りを着けていた。

「知っておるが、それが何か？」

「妃殿下は気を落とさぬようにと、お守り代わりにカリキュラ様にお贈《おく》りくださったのです。カリキュラ様はそれを着けて船にお乗りでした」

はっとした。

（あの髪飾りを――贈られたのか……）

メティスは視線を落とした。

イスミル殿下が翡翠の髪飾りを贈るなど、よっぽどのことだった。相当シビュラを気に入っていたのだろう。

だが、そのシビュラは殺された。そして妹も――。

（ゴルギントめ、許せぬ……！）

腹の奥から、どす黒い感情が湧き起こる。憤怒《ふんぬ》と殺意が腹の中で黒い炎《ほのお》となって燃え上がる。

シビュラが殺されたことを聞いた時にも、無念を覚えた。助けてやりたかったと強く思

った。助けられなかった悔しさと虚《むな》しさを覚えた。

そして今度はそのシビュラの妹だ。

自分を頼《たの》みにした者を、自分は救えていない。ピュリスで最強の剣士、最高の智将《ちしょう》と謳《うた》われながら——。

「どうか、力をお貸しくださいませ。シビュラ様は将軍に力をお借りしようと向かう最中でお亡《な》くなりになりました。カリキュラ様も同じように途中で襲われました。どうか、シビュラ様の無念をお晴らしくださいませ」

とカリキュラの部下が地面にまで頭を着ける。メティスは落ち着いた声で——しかし、その内に激情を揺《ゆ》らめかせながら答えた。

「シビュラを殺させ、カリキュラを襲わせた男は罰《ばっ》を受けねばならぬ。このメティス、他人の振《ふ》りをするつもりはない。イスミル様からのご依頼《いらい》があれば、直ちに動こう」

3

その二日後のことである。ヒュブリデ人のエルフがヒロトの手紙を携《たずさ》えてやってきた。書いてあったのは、メティスからすればただの言い訳だった。曰《いわ》く、自分の力不足で艦隊

派遣はならなかった、ゴルギント伯に対して強い態度を見せるべきだと思っている、できるならば、メティスと共同で強い態度を見せるべきだ――。

何をいまさらである。絶好の機を逸《いっ》しておいて、何を言うのか。

ゴルギント伯については、メティスは会ったことはないが、噂《うわさ》は知っている。艦隊戦には強いが、自分勝手な暴君。自分が法であり王であると勘違《かんちが》いしている男。そのような男に使者など派遣して通じるものか。強い態度は初手でこそ見せるべきだったのだ。二手目で見せたところで、たかが知れている。間抜《まぬ》けもいい加減にしろである。

(耄碌《もうろく》しおって、馬鹿者が……！　それでも我がピュリス軍を撥《は》ね返した男か……！)

ヒロトの手紙は捨てさせた。持っていても意味がない。いまさら共闘《きょうとう》しても無駄《むだ》だ。

二日後、またヒュブリデの使者がやってきた。よりによってエルフだった。ご返事をいただきたいと催促《さいそく》する。人間相手なら怒鳴《どな》りつけているところだが、エルフが相手となるとそうはいかない。怒りを抑えながら冷たい返事を書いてエルフに渡した。その時にエルフから残念な話を聞いた。ヒロトとカジノ・ゲラルドゥスで会った後、ゴルギント伯が現れてヒロトに賭《か》け勝負を持ちかけたらしい。

(あの時、帰らずにもう少し残っておれば……)

とメティスは悔《く》いた。残っていれば、あの場で斬《き》り捨ててやったものを――。レグルス

共和国のカジノでは永久に出禁になるだろうが、知ったことか。ゴキブリ退治ができるのなら、その方がよい。

4

その翌日のことである。イスミル王妃《おうひ》の使者がテルシェベル城に到着したのだ。メティスはすぐに引見に出向いた。恩人の使者を待たせるのは失礼だ。

「妃殿下は大いに憤慨《ふんがい》されています。血には血を、命には命を。いかなる手加減もするべきではないと。戦以外に手段はないと」

とイスミル王妃の使者が伝える。

「パシャン王は戦争を決断されたのか？」

「まだご命令は発していらっしゃいませぬ。しかし、戦争は不可避《ふかひ》と思われます。少なくとも、妃殿下は戦争しかないと考えていらっしゃいます。アグニカには使節を送りますが、恐らく――」

と使者は言葉を濁《にご》した。

効果はない。

メティスも同じ考えだった。

「ゴルギント伯は艦隊戦に秀でる男でございます。兵を集めて力勝負でアグニカを攻めたところで、撥ね返されるのがオチでございます。是非《ぜひ》とも将軍のお力をお借りしたい、すぐにでも憎《にく》き男を駆逐《くちく》してほしいと、それが妃殿下の願いでございます」

王妃の使者の言葉にメティスはうなずいた。

（いよいよイスミル様から来たか）

メティスは武者震《むしゃぶる》いに似た感情を味わった。

戦の時。

自分が武人であることを思う存分発揮する時が来たのだ。

ゴルギント伯など、簡単に葬り去ってくれる？

それはこれから調べることだ。ゴルギント伯に対しては愚者《ぐしゃ》だと思っているが、武勇については聞いている。

武勇はガセかもしれない？　軽《かろ》んじる気持ちは、メティスにはない。敗北は常に軽侮《けいぶ》から始まるものだ。

メティスは将軍としての、いささか優雅《ゆうが》さのある物言いで答えた。

「妃殿下の怒りは我が怒りだ。裁判協定に敬意を払《はら》わぬ者は、妃殿下に敬意を払わぬも同

じ。恩人を蔑《ないがし》ろにされて黙って見ておるメティスではない。必ずや、何らかの形で鉄槌《てっつい》は喰《く》らわせる」

そう言い切った。それから、

「これから我が王には会われるのか？」

と尋ねた。

「そのつもりで参上した次第《しだい》。これからイーシュ王にもご挨拶《あいさつ》に参る次第」

と使者が答える。すぐにメティスは返した。

「では、我が王に伝えていただきたい。王のご命令とあらば、いつでもこのメティス、ゴルギントの首を取ってまいると」

十分後、ガセルの使者は感激してメティスの部屋を出ていった。メティスはその後ろ姿を見送った。

カリキュラの使者も、イーシュ王に会いに行ったと聞いている。それからヒュブリデへ向かうのかもしれない。

「ヒロトにも会いに行くのでしょうな」

と腹心の部下がつぶやいた。

「フン。いまさら会ったところで意味がない。艦隊すら派遣《はけん》できなかった男だ。派遣しておれば、カリキュラは襲われてはおらぬ」

部下は反論しなかった。被害者《ひがいしゃ》が、恩人が贔屓《ひいき》していた女の妹、それも自分に会いに来ようとしていた者だけに、メティスも熱くなってしまう。部下は答えなかった。

これは自分の戦いだ、とメティスは思った。シビュラを知っていて、イスミル殿下に恩義のある自分の戦いだ。ヒュブリデには口出しさせぬ。

メティスは腹心の部下に命じた。

「直ちに出航の用意をせよ。サリカ港の周囲と私掠船の規模について調べる。トルカのように鉄槌を喰らわせることができるのかどうか、自分の目で見てまいる」

5

イスミル王妃の使節がユグルタ港に入り、メティス将軍の住むテルシェベル城に入るのを見届けたゴルギント伯の密偵《みってい》は、サリカ港に戻《もど》ったところだった。

主君には逐一《ちくいち》、詳細《しょうさい》に報告した。ゴルギント伯は執事とともに満足そうに報告を聞いていた。

密偵が去ると、執事はゴルギント伯から命令を受けるために顔を寄せた。

「我が屋敷《やしき》には、許可状のない者は通すな。屋敷の前に兵を百人出せ。サリカ港にも騎兵を出せ。妙な動きがある時はすぐ知らせよ」

執事はうなずいた。

メティス将軍が電撃戦《でんげきせん》でリンドルス侯爵《こうしゃく》を捕虜《ほりょ》にしたことを、執事も覚えていた。それを警戒《けいかい》してのことに違いない。

「河の警備も増やせ。ガレー船も出して警戒させよ。怪《あや》しい船は臨検せよと伝えよ」

とゴルギント伯はつづけて命じた。

「トルカ港の時にもメティスは自ら偵察《ていさつ》しておる。我がサリカにも必ず自分でやってこよう。怪しい女が乗っていたら、メティスかと鎌《かま》をかけろ」

「もしメティスが乗っていましたら――？」

執事の確認に、ゴルギント伯は強い口調で答えた。

「問答無用で逮捕せよ。我が誉《ほま》れとなる」

第五章　爆乳《ばくにゅう》の斥候《せっこう》

1

古代ギリシア様式を思わせる列柱が一対《いっつい》ずつ十六本も並んで、ベッドへ向かって通路を成していた。

ベッドに腰掛《こしか》けていたのは、青い絹のガウンを着た、面長《おもなが》の壮年《そうねん》の男だった。額が広く、思慮《しりょぶか》深い顔をしている。彫刻《ちょうこく》のように鼻筋が直線的に伸びていて、その先で口髭《くちひげ》が伸びている。さらに耳から顎にかけてたっぷりと頬髯《ほおひげ》と顎鬚《あごひげ》が顔を飾っている。

北ピュリスを征服《せいふく》して統一を果たしたピュリス王イーシュである。足許《あしもと》には透《す》き通るような白いシースルーのローブに爆乳を包んだ美女が二人、王の足を乳房《ちぶさ》で洗っている。

イスミル王妃が放ったガセルの使者は、ピュリス王国の最高位の男に話をしたところだった。

「アグニカも相当愚かな国と見える。ゴルギントとやらは頭が悪いのか？」

とかなりの毒舌《どくぜつ》でイーシュ王は尋ねた。毒舌だが、口調は穏《おだ》やかである。エネルギッシュな調子でも不満炸裂《さくれつ》という感じでもない。

「取り決めすら守れぬ悪党でございます」

「アグニカは悪党の国か。イスミルも苦労しておろう」

とイーシュ王がいささかのんびりした口調で応える。

「妃殿下はイーシュ王に助けを求めておいでです」

「悪党は戦に強いのか」

とイーシュ王が穏やかに尋ねる。

「王のお力があれば必ず勝――」

定型句を告げようとした途端《とたん》、遮《さえぎ》られた。

「お世辞はよい。事実だけ伝えよ。悪党は戦は強いのか。どれぐらい強いのか。兵はどれくらいおるのか。どれほどの艦隊《かんたい》を擁《よう》しておるのか。答えよ」

イーシュ王の語調が変わっていた。明らかに強い、芯《しん》のこもった口調に切り替《か》わっていた。

女に足を洗わせて心ここにあらず、適当に聞いているのかと思いきや、イーシュ王はイーシュ王であった。南北統一の事業をなし遂《と》げた男、要所を外さずしっかりものを見る王

であった。

「大型のガレー船が二十隻、小型のガレー船が二百隻。さらに小舟《こぶね》となると数百隻とか……。船員たちだけで千人は下りますまい。今のところ、艦隊戦では無敵でございます」

使者の答えに、

「困った悪党だな」

とイーシュ王が返す。今度はまた静かな口調に戻る。淡々《たんたん》とした調子である。

イーシュ王は口を開いた。

「もう動いておろうが、メティスに調べさせよう。その上で答えを出す。戦は馬鹿息子《むすこ》を怒鳴りつけるのとも盗賊《とうぞく》を退治するのとも訳が違う。戦上手を倒《たお》すにはそれなりの準備が必要だ。力任せに出ても勝機はない。いかなる手を用いるのが最も好ましいのか、メティスの報告を待つ」

2

白い一枚布を着て黒い腰帯《こしおび》を巻いた黒髪《くろかみ》の女が、商船の甲板に立ってフードの中からテルミナス河の対岸を眺《なが》めていた。一枚布の下には見事なバストが隠《かく》されている。

ピュリス王国が誇《ほこ》る智将メティスであった。珍《めずら》しく髪《かみ》をポニーテールにしている。いつものロングストレートではない。

宣言通り、自らアグニカに偵察に来たのであった。ユグルタ港に船を持つ商人に頼んで、同船させてもらったのである。あくまでも自分は便乗した巡礼者《じゅんれいしゃ》ということになっている。ミドラシュ教の巡礼者が着るフードつきの白い一枚布は、慣れなかった。おまけに今日は変な思いつきで変なものを下に着てきたので、違和感《いわかん》はなおさらである。変なものを着てきたのは失敗だったかもしれない。

メティスは、上流の西の方から来たアグニカの軍船に目をやった。金髪《きんぱつ》に碧色《へきしょく》の目のアグニカ人の漕ぎ手たちが力強くガレー船を漕いでいる。帆と剣を描《えが》いた旗はアグニカの旗——それもゴルギント伯の紋章旗だ。ゴルギント伯の軍船である。

ガレー船の船長らしい男が何やら声を発した。ゴルギント伯のガレー船がメティスの乗る船に近づいてくる。

（停船でも命じるつもりか？）

フード越《ご》しに睨《にら》む。

「商船か！」

とゴルギント伯のガレー船の船長らしい男が大声を上げた。

「そうだ！　あんたたち、河川賊《かせんぞく》じゃないだろうな！」

とピュリス商船の船長が大声で返す。商船の船長はメティスの部下ではない。正真正銘《しょうしんしょうめい》、本物の商船の船長である。

「積み荷は！　まさか兵を積んでるんじゃないだろうな！」

とガレー船のアグニカ人船長が鎌をかける。

「兵なんか積んで売れるかよ！　ナツメヤシを売りに行くんだ！　美味《うま》いが、あんたちにはやれねえ！　欲《ほ》しけりゃサリカで買ってくれ！」

ピュリス人船長の返事に、ガレー船の船長が商船の上を見た。メティスに気づく。

「その女は！」

「巡礼《じゅんれい》の途中だ！　サリカにも寄りたいと言うんで拾った！」

「メティスじゃあるまいな！」

内心驚《おどろ》きながら、メティスは咄嗟《とっさ》に手を合わせてお祈《いの》りをしてみせた。ミドラシュ教徒のしぐさである。ピュリス王国とガセル王国では、一神教の一つ、ミドラシュ教が信仰《しんこう》されている。

（なぜわたしのことを聞いた？）

メティスは不思議な気持ちになった。自分は隠密《おんみつ》に出たのだ。自分がこの船に乗ってい

るのは誰《だれ》も知らないはずだが――。

「女、顔を見せろ！」

とガレー船のアグニカ人船長が怒鳴り声を散らした。

自分を疑っている？

会ったこともないのに？

身内が裏切った？

いや、それはない。裏切ればどうなるかは、ピュリス人の船長もわかっているはずだ。

(さてはゴルギントのやつが、わたしが出てくるものと思って怪しい女には鎌をかけろと命じているな)

そうメティスは推断した。

「将軍……」

ピュリス商船の船長が不安げにメティスを見る。見破られているのでは……という不安と、これからどうなるのだろうという不安の、二重の不安が男の目の下で暴れそうになっている。

無視する？

ゴルギント伯のガレー船が接近してきた。不審《ふしん》な動きを見せれば乗り込むつもりなのか

もしれない。無視するのは難しそうだ。

乗り込んできたら戦う？

それでは肝心《かんじん》の偵察ができない。

（さて、どうやって切り抜《ぬ》ける……？）

戦うのは簡単だ。だが、戦えば偵察の任務は終了《しゅうりょう》する。戦わずしてどうやって切り抜けるか。

「女！　貴様、メティスか！」

大声が響《ひび》いた途端、メティスは閃《ひらめ》いた。自分は変なものを着てきていたのだ。

閃いたら行動するのは早かった。メティスはいきなり突拍子《とっぴょうし》もない行動に出た。一枚布の前をはだけたのである。

下に着ていたのはビキニだった。首からぶら下がるような形の白いホルターネックの白いビキニである。そのビキニに、Ｉカップくらいはありそうな爆乳が包み込まれてはちきれそうになっていた。

ガレー船のアグニカ人船長は呆気《あっけ》に取られた。遅《おく》れて他のアグニカ人の乗組員が、ひゅ～っと口笛を鳴らす。

「あとで遊んであげるよ。その代わり、高いよ」

とメティスはウインクしてみせた。どっとガレー船から笑いが起こり、さらにピーピーと口笛が鳴った。メティスは娼婦《しょうふ》のようにあだっぽいしぐさで手を振ってみせた。アグニカ人たちの笑顔《えがお》を乗せて、ガレー船は離《はな》れていった。

「将軍……」

ピュリス人の船長に声を掛《か》けられて、メティスは一枚布を着直した。

「こういうこともあろうかと着ておいたのだ。今、初めて自分の乳が役に立つものだと知ったぞ。爆乳はよいものだな」

と笑った。船長も、ぎこちない笑《え》みを浮かべる。爆笑《ばくしょう》したら失礼になるのではと遠慮《えんりょ》しているのだろう。

メティスは船長に改めて告げた。

「わたしはおまえの船に便乗しているという設定だ。サリカではおまえの方が上として発言しろ。港に着いたら、口が裂《さ》けても将軍と言うなよ。わたしのことは女と呼べ」

3

サリカ港の埠頭《ふとう》は賑《にぎ》わっていた。アグニカ最大の港だけに、係船岸には何隻《なんせき》もの船が横

付けしている。ヒュブリデの船もキリキアの船もガセルの船もある。

木製のタラップが架されると、メティスは最後に下船した。自分が真っ先に下船しては、それこそ疑われる。娼婦が最初に下船を許されるはずがないのだ。

剣は護衛の騎士《きし》に預けた。いざ調べられた時に剣を持っていては、それこそ疑われる。正体を見抜《みぬ》かれる。

タラップの先には、アグニカ人の騎士たちが待っていた。ゴルギント伯《はく》の騎士に間違《まちが》いあるまい。二十人はいる。下船してくる者をじっと監視《かんし》している。

「待て」

メティスがタラップを渡り終えようとすると、ゴルギント伯の騎士が声を掛けた。臆《おく》病《びょう》な者なら縮み上がりそうな、鋭《するど》い一声だった。

「おぬし、メティスではあるまいな?」

短剣《たんけん》で突《つ》き刺《さ》すような勢いで質問される。

バレている?

いや。バレてはいない。メティスらしい女を見つけたら訊問《じんもん》しろとお達しが出ているに違いない。

「そんなふうに見える?」

とメティスは色っぽい声で笑った。

嫌疑《けんぎ》は晴れた？

「顔を見せろ」

晴れてはいなかった。相変わらず疑われている。メティスはまたしても一枚布を開いた。白いビキニに覆《おお》われた爆乳がブルンと飛び出す。白い乳肌《ちちはだ》が嬌《なまめ》かしい。

「あとで遊んであげてもいいよ。高いけど」

「行け」

とゴルギント伯の騎士は促《うなが》した。メティスは埠頭に降り立った。

埠頭には他にもアグニカ人の騎士たちが詰《つ》めていた。見える限りでも、二十人――。ピュリスの商船を取り巻いている。

（目的はわたしか）

尻尾《しっぽ》を巻いて逃《に》げる？

まさか。

ピュリスの智将が敵を前にして逃げられるものか。自分はピュリスが誇る将軍メティスなのだ。逃げてはイスミル王妃に笑われる。

（だが、あまり時間は取れぬ。手早く片づけねばならぬ）

そう意を決すると、

「ねえ、船長」

とメティスはピュリス人の船長に甘《あま》い声で声を掛けて、それから声を潜《ひそ》めた。

「いつもと比べて兵はどうだ？」

と低い囁《ささや》き声で様子を尋ねる。

「多いです。下船する者をこれだけチェックするというのは初めてです。将軍がいらっしゃるのがバレているのでは？」

とピュリス人の船長は心配そうである。

「バレてはおらぬ。わたしが来ると読んで網《あみ》を張っておるだけだ。ゴルギントのさしがねであろう」

「伯爵《はくしゃく》の屋敷にはいらっしゃるので？　危険でございます。おやめになった方が――」

「ここで退いてはメティスの名が廃《すた》る。イスミル殿下にも顔向けできぬ」

ピュリス人の船長と別れると、メティスは埠頭を冷やかしながら歩いた。アグニカの港には近隣《きんりん》国家から多くの人が現れる。マギア人、レグルス人、ヒュブリデ人、ガセル人、ピュリス人、キルギア人――。

だが、どこに行っても、アグニカ人の騎士に出会った。十人単位の集団で歩いている。

少なく見積もっても、埠頭に数百人はいる。

奇襲《きしゅう》に備えているのか。自分を捕《と》らえるためなのか。

（サリカは簡単には攻《せ》められぬな）

埠頭から少し離れて広場の方に移ると、物騒《ぶっそう》なものがぶら下がって、黒い鳥の集団――カラスが群がっていた。五つの絞首台《こうしゅだい》から死体が吊《つ》り下ろされていたのだ。

絞首台の下には木の看板が立てられて文字が記されていた。

《この者はガセル商人シビュラを殺害した者である》

思わず笑い飛ばしたくなった。

笑止《しょうし》。

カリキュラの部下は、私掠船の連中だと話していた。何十人もが襲《おそ》いかかったとも証言していた。わずか五人の犯行のはずがない。死体から見る限り庶民《しょみん》っぽいが、庶民なものか。カリキュラの部下は、武器も違った、いい剣だったと話していたのだ。

（これでイスミル殿下をたばかろうというのか？　愚弄《ぐろう》しすぎというものだ。殿下の怒りを招くだけだぞ）

ヒュブリデはどうだろう、とメティスは考えた。

ヒュブリデは法にうるさい国だ。国の上流を占《し》めるエルフが特に公正や法にうるさい者

たちで、近隣諸国では飛び抜けて法が厳正に守られている。普通《ふつう》に考えるなら、このような茶番を許すはずがない。

だが――。

今のヒュブリデは腰抜けだ。シビュラの事件に対するヒュブリデの対応には大いに失望した。

ヒュブリデは裁判協定を結ばせた当事者の一人である。アグニカにも大きな影響力《えいきょうりょく》を持っている。シビュラが殺された時、艦隊を派遣していればゴルギント伯はびびって裁判協定の遵守《じゅんしゅ》へ舵《かじ》を切っていたはずだ。少なくとも、アグニカのアストリカ女王は裁判協定を厳守するように命令していただろう。ヒュブリデが艦隊を派遣していれば、カリキュラの事件は防げたのだ。

だが、ヒュブリデが送ったのは辺境伯顧問官《へんきょうはくこもんかん》。つまり、地方長官の補佐だった。王国の重臣でもない。平たく言えば下っぱだ。

噂ではヴァンパイア族のちびがくっついていたらしいが、正式に派遣したのは地方長官の補佐だ。正直、やる気のない布陣《ふじん》である。自分は本腰《ほんごし》で解決するつもりはありませんと宣言したような感じだ。

まさに間抜け、腰抜け、腰砕けであった。あれではゴルギント伯のような男は舐《な》めてか

かる。最低でも王国の重臣、枢密院顧問官《すうみついん》を派遣して、いかにヒュブリデがシビュラの件に重きを置いているか、重視しているかを示すべきだったはずなのに、真逆の態度を取った。

原因はわかっている。

明礬石《みようばん》――。

ヒュブリデは国内で明礬石の鉱山が使えなくなってしまった。結果、アグニカの鉱山に依存《いそん》する形になってしまった。鉱山を保有するのはグドルーン女伯で、ゴルギント伯はグドルーン女伯の一番の支援者《しえんしゃ》――。

強い態度に出ることによって報復を招くことを恐《おそ》れているのだ。

愚か者《おろもの》がと思う。それでもキンタマがついているのかと思う。女々《めめ》しいご機嫌《きげん》取りめがと思う。いったいヒロトは何をやっていたのか。

何か問題があった？

貴族会議の決議が響いたのかもしれぬが、それでも、ヒロトまで揃《そろ》いもそろって腰抜けすぎる。

メティスの認識《にんしき》では、ヒロトは口舌《くぜつ》の徒、つまり口先だけの男ではなかったはずだ。弁《べん》舌《ぜつ》にだけ優《すぐ》れている男ではなかったはずだ。ヒロトはヴァンパイア族の力を借りて我《わ》がピ

ユリス軍を力で撃破《げきは》した男であり、マギア軍の侵略《しんりゃく》も撥ね返した男である。友人の命を救うために、わざわざ徒手空拳《としゅくうけん》で飛び出して、策略のために弓矢で射《う》たれた男だ。弁舌だけの男ではなく、武力行使も厭《いと》わぬ武闘派《ぶとうは》なのである。行使すべき時には武力を行使できる人間だったはずなのだ。

だが、ヒュブリデから艦隊《かんたい》は派遣《はけん》されなかった。もしヒロトが艦隊に乗り込《こ》んでサリカ港を訪《おとず》れていれば、ゴルギント伯も態度を改めていただろう。ヒロトのバックにはヴァンパイア族がいるのだ。ヒロトが動くということは、ヴァンパイア族も動きうるということだ。なのに、ヒロトは艦隊に乗らなかったし、艦隊を派遣することもしなかった。ヒロトには大いに失望したし、怒りを覚えた。

ヒュブリデは当てにはできぬ。今回はヒロトも当てにはできぬ。ヒロトは艦隊派遣を主張したのかもしれないが、自分の意見を通せなかったという時点で今回は頼《たよ》りにできる存在ではない。

ゴルギント伯の屋敷に向かう途中《とちゅう》、ヒュブリデ人とヴァンパイア族にすれ違《ちが》った。メティスの正体にはまったく気づかなかったようだ。

当てにできない国の者。

ヴァンパイア族も、ガセルのためには動くまい。ヴァンパイア族はアグニカに関わるこ

と自体を避《さ》けているきらいがある。

交易裁判所が見えてきた。すぐそばにヒュブリデの商館がある。

（なるほど。ヒュブリデの商館を楯《たて》にしたか）

冷やかしてやる？

笑止。

頼りにならぬ国の商館に立ち寄る必要はない。

裁判所の前にはアグニカ人の騎士が十人固まっていた。きっとガセル人の襲撃《しゅうげき》に備えてのことだろう。

（つまり、襲撃されてもおかしくない判決を下すつもりということだな）

メティスは交易裁判所を後にして、サリカの町を北上した。北の方にゴルギント伯の屋敷がある。緩《ゆる》やかな坂を上がったところである。

（これくらいの坂なら、踏破《とうは》できるか？）

期待を感じたのだが、屋敷には辿《たど》り着けなかった。屋敷へ向かう道に百人ほどのアグニカ人騎士が待ち構えていたのだ。

「女、何をしに来た！」

とアグニカ人騎士が早くも警戒モードに入る。メティスはしなしなと指と腰《こし》でエロいポ

ーズを見せて、

「わたし、踊《おど》り子なの。ゴルギント伯の前で踊ったらいくらもらえるの？」

「消えろ！」

メティスはべ～っと舌を出して踵《きびす》を返した。

（リンドルス侯爵よりは、警戒の強い男と見えるな。こうも兵がおると、簡単には制圧できぬ）

メティスは埠頭に戻ってきた。途中でピュリスの船長を見つけて声を掛けた。

「ゴルギントはわたしが来たことに気づくやもしれぬ。護衛を二人残していく。護衛から離れるな」

そう言い残して、今度は渡《わた》し舟《ぶね》に向かう。途中で護衛にしなしなと声を掛けるふりをして、船長の護衛を命じた。騎士が二人のピュリス人騎士を呼び寄せて囁く。

メティスは渡し舟のところに辿り着いた。ちょうど舟が行った後なのか、波止場《はとば》は閑古《かんこ》鳥《どり》が鳴いていた。誰も乗っていない舟が一艘浮《そうう》かんでいる。そのそばでは、船頭らしいガセル人が寝転《ねころ》がっていた。

「対岸へ渡してくれ」

とメティスは舟に乗り込んだ。

「お客さん、すぐには――」

「これならどうだ？」

とメティスは金貨を二枚渡した。

「へえ……ひっ！」

船頭はおかしな声を上げた。金貨一枚は駄賃《だちん》としてあまりに多すぎる。

「おれたちも相乗りさせてもらうぜ」

と護衛の騎士たち二人も乗り込んできた。たくさんの矢が入った矢筒《やづつ》と弓、そしてメティスの剣を持っている。

「お、お客様、これは――」

うろたえる船頭にメティスは少し自分を詐称《さしょう》して告げた。

「わたしはピュリスの大貴族だ。すぐ舟を出してくれ。それからサリカ港のことを話してくれ。河のどこが浅いのか、川底の流れはどうなのか、アグニカの軍船はどうなのか。あらいざらい話してくれ」

4

メティスが屋敷の前を立ち去った後、サリカ伯ゴルギントは部下から屋敷で報告を聞いた。いつもの定時報告だった。

「ピュリス人の斥候は屋敷にやってこなかったか？」

「はい」

と部下が答える。

自分の見込《みこ》み違いか？

いや。そんなはずがない。報告がないとすれば、まだ来ていないだけだ。

「ただ、一人娼婦が参りました」

「娼婦？」

とゴルギントは聞き返した。

「黒髪のポニーテールの女で、ゴルギント伯の前で踊ったらどれくらいもらえるのかと。なかなかの巨乳《きょにゅう》だったそうです。すぐに追い払いましたが」

「ガセル人か？」

「ピュリス人です。黒髪でしたが、目は青色ではなかったそうです。肌も浅黒くはなかったと」

ゴルギントは鋭い眼差《まなざ》しになった。

ピュリス人。

巨乳。

黒髪。

ポニーテールというのが聞いているのと違う。メティス将軍はロングヘアだったはずだ。

（わしの考えすぎか。ポニーテールでは――）

はっとした。

違う。考えすぎではない。

（変装だ！　バレぬようにポニーテールにしたのか！）

思わずゴルギントは叫んだ。

「その者をすぐ追いかけよ！　そやつはメティスだ！」

「え？」

部下が凍《こお》りつく。

「何をしておるか！　まだ港におるのなら、すぐに引っ立てよ！　生死を問わず捕らえた者には、金貨百枚をくれてやる！　絶対に逃《のが》すな！」

第六章　死の舞踏《ぶとう》

1

小舟がテルミナス河を北から南へ縦断していた。舟は、人が乗る部分の真ん中が四角くえぐれていて、荷物を入れるようになっている。典型的な小型の荷船である。

その荷船にメティスは護衛二人と乗っていた。船頭一人が棹《さお》でコントロールしながら広大なテルミナス河を南へと縦断していく。

ピュリスから乗ってきた商船と違って、水面が近い。手を伸《の》ばせばすぐテルミナス河の水に触《ふ》れられる。それは簡単に河に落ちてしまうということだ。

怖《こわ》さと危《あや》うさを感じる。決して水の上は得意ではない。

ゴルギント伯の手下は追いかけてくる？

河の上でガレー船に出会う可能性もある。連中は最大級に警戒しているのだ。

（早く渡ってしまわねばな……）

そうメティスが思った時だった。

「その舟、待て〜〜っ！」

いきなり怒号《どごう》が北の方から聞こえてきたのだ。

追いかけてきたのは、帆《ほ》と剣《けん》を描いた紋章《もんしょう》旗を掲《かか》げた軍船——ゴルギント伯のガレー船だった。

座席の数は恐らく二十座席。

左右両側に漕《こ》ぎ手が座《すわ》るので、人員は四十名。それに先頭の船長一名がプラスされて四十一名。

対するメティスの舟は四人——そのうち戦えるのは三人のみである。人員比は、ざっと十四対一だ。

「正体はわかっておるぞ！　貴様はメティスだな！　我はキルルカ！　我と立ち会え！」

と先頭の毛むくじゃらの男が叫《さけ》んだ。

（やはり来たか）

メティスは、騎士たちが持参した弓矢を黙《だま》って引き寄せた。

「船頭。おまえは漕ぐことだけに集中しろ。わたしはピュリスの将軍メティスだ。おまえには一本の矢も当てさせはせぬ。無事に着けばおまえには金貨十枚を払《はら》ってやる」

とメティスは告げた。船頭は表情を引きつらせて黙っている。

「でかい声で返事をせぬか！　声を出さずば死ぬぞ！」

「はいぃっ！」

と船頭が悲鳴に似た声を上げた。

「それでよい！　貴様の命、このメティスに預けよ！　見事守ってくれる！」

凛《りん》とした声を響かせて、メティスは距離《きょり》を詰めてきたガレー船に顔を向けた。

「我が名はメティス！　アグニカ人の血を屠《ほふ》る者！　命を失いたい者は来るがよい！」

そう声を轟《とどろ》かせると、でたらめに矢を放った。

二十メートル以上離れて、矢は頓珍漢《とんちんかん》な方へ飛んでいった。卑屈《ひくつ》な男が強がって唾《つば》を吐《は》いたように、ぽちゃんとテルミナス河に落ちる。

嘲笑《ちょうしょう》が起きた。

「名将が聞いて呆《あき》れるぞ！　満足に矢も引けぬ者が将軍とはな！」

「黙れ！」

とメティスはまた矢を放った。子供が投げたでたらめな槍《やり》のように矢は飛んでいって、やはり二十メートル以上離れてテルミナス河に落ちた。

揺《ゆ》れる舟の上での弓射は難しい。だが、難易度の高さを考慮《こうりょ》しても、下手糞《へたくそ》であった。

また嘲笑がテルミナス河の上に広がった。矢を失敗している間に、ぐんぐんとガレー船は近づいている。

「攻撃《こうげき》の準備〜っ！」

先頭の毛むくじゃらの男が叫んだ。前方の座席四席の漕ぎ手八人が漕ぐのをやめて楯と剣を手にする。

その前に、メティスは三本目の矢を放った。

二本の矢とは段違《だんちが》いの、びゅんと唸《うな》るような直線的な矢だった。矢は別人が射たような勢いで宙を切って、楯を構えようとしていた男の胸に突き刺さった。

かはぁ……。

悲鳴は漏《も》れなかった。空洞《くうどう》の中の音のような呻《うめ》き声が漏れただけだった。

驚愕《きょうがく》の波紋《はもん》がガレー船の上に広がった。外しまくっていたメティスがいきなり矢を命中させたのだ。

だが、アグニカ人が戦《おのの》いた時には、すでにメティスは四本目の矢を放っていた。最初に射貫《いぬ》かれた男の隣《となり》の男が、首に矢を生やしてぶっ倒れた。そのまた隣の男は、血を浴びながら五本目の矢を腹に受けて崩《くず》れた。

「引け〜っ！　引け〜っ！　漕ぎ方やめ〜っ！」

慌《あわ》てて先頭の毛むくじゃらの男が号令を発した。メティスから距離を取ろうとしたのだ。

その毛むくじゃらに六本目の矢が襲いかかった。

ちぃんと兜《かぶと》がいやな金属音を立てた。目の数センチ隣、兜を矢がかすめたのだ。

毛むくじゃらの目がまんまるくなった。一瞬《いっしゅん》、恐怖《きょうふ》で目が凍る。ガレー船も速度を緩める。

その間にメティスの乗る小舟は距離を引き離した。ガセル側の砂浜《すなはま》へと急行する。

「追え～っ！　上陸した時が狙《ねら》い時ぞ～っ！」

とアグニカ人の毛むくじゃらの騎士が叫んだ。恐怖の凍結《とうけつ》から覚めて、息を取り戻《もど》したのだ。メティスは護衛の二人の騎士に顔を向けた。

「船頭を茂《しげ》みまで送って戻れ。わたしは連中を討《う》つ」

砂浜が近づいてきた。それを見てガレー船も一気に距離を縮めてきた。上流の方に距離を置きながら、砂浜へ向かう。

小舟が砂浜に辿り着いた。

「下りよ！」

護衛の騎士二人が飛び下りて船頭を引き下ろす。

「ひぃっ！」

船頭は足がもつれている。

「しっかりせぬか！　男であろう！」

とメティスは平手を放った。船頭がぶるっと顔をふるわせる。

「来い！」

と護衛の騎士二人が楯を掲げながら船頭を引っ張った。砂浜から二十メートルほど駆《か》け上がった向こうは茂みになっている。茂みに入れば弓射で命を落とす危険はなくなる。

メティスは弓矢を構えた。

上陸したばかりのアグニカ人に矢を放つ。

七本目。八本目。九本目。

砂地に着地したばかりのアグニカ人が次々と腹や胸や首に死の矢を生やして倒れる。

（これで残り三十五人……！）

メティスは舟に弓矢を投げて走り出した。二本の剣を抜く。ゴルギント伯の部下が矢を放った。

次の瞬間《しゅんかん》、メティスは踊り子となった。メティスの身体が、まるで踊り子のようにくるりと回転したのだ。右手と左手の剣が、舞《まい》のように宙に鮮《あざ》やかな弧《こ》を描く。

二本の矢が真っ二つに割れ、標的から逸《そ》れて砂に落ちた。矢を放ったアグニカ人はぽか

んと口を開けた。メティスが二本の剣で二本の矢を切ったのである。

そしてその時には、すでにメティスは走りだしていた。

「メティスを討ち取れ！　手柄《てがら》を立てた者は金貨百枚ぞ！」

次々と剣を抜く音がつづいた。だが、すでにメティスはアグニカ人の中へ飛び込んでいた。

白い巡礼者の装束《しょうぞく》が、アグニカ人の間を堂々と歩いていく。まるでアグニカ人のアーチの下を抜けるかのようにズンズンと歩いていく。

ふざけるなとばかりにアグニカ人が剣を振《ふ》り下ろす。

途端《とたん》に歩行は死の行進に変わった。最初に襲いかかった騎士の喉《のど》を一本の剣先《けんさき》で斬《き》り、左手から飛び掛かった騎士の顔面に剣先を突き立てる。

やぁっ！　と大声を上げて剣を振り下ろした三人目の男の胴体《どうたい》を横切りにして、四人目の脇腹《わきばら》から心臓へ向けて剣を突き上げる。

一瞬で四人が屍《しかばね》へ向かう者となった。

そしてその時には、メティスは踊るようにすり抜けを始めていた。どすん、どすんと歩きながら、右に左に身体を回転させて左右の敵を斬り捨てていく。斬るというよりは雑草を払うかのようである。そして戦うというよりは、踊るかのようだった。

まるで死の舞踏だった。アグニカ人の間を突き進《すす》むごとに次から次へと血が飛び、アグニカ人が倒《たお》れていくのだ。皆《みな》、喉から鮮血《せんけつ》を噴《ふ》き出して死へと直進していく。

遠くから見ていると、とても戦っているようには見えなかった。回転しながら踊っているようにしか見えなかった。だが、メティスの二本の剣は、降りかかるアグニカ人の剣を弾《はじ》き返しながら鮮血を巻き上げていた。剣を弾かれた男たちは、耐《た》えきれずにひっくり返っていた。軽々と舞《ま》っているようにしか見えないのに、メティスは凄《すさ》まじい力でアグニカ人の騎士たちの太刀《たち》を弾き飛ばしていた。

人は簡単に死ぬものではない。人は簡単に殺せるものではない。だが、メティスにかかると人はいとも簡単に斬られ、死んでいくのだ。

メティスは数十人の中を突き抜けて、ぴたりと止まった。少し遅れて、一人二人とゴルギント伯の部下が倒れた。メティスの駆け抜けた後には、十二人の屍が横たわっていた。もうすぐ屍になろうとする者も三人いる。

ガレー船の上で三人が死んだ。上陸してさらに三人が死んだ。そして砂地で十二人が死んだ。さらに三人が死体に追加される。四十一人中、二十一人が死んだ、若《も》しくは死が確定した。

その中でメティスは、血を浴びて赤く染まった巡礼の一枚布を羽織っていた。

呼吸は乱れていなかった。息はまったく上がっていなかった。まるで運動前に柔軟《じゅうなん》を済ませたような雰囲気《ふんいき》だった。

およそ同じ人間とは思えなかった。死の使者というより、魔物《まもの》であった。ヴァンパイア族と同じように——いや、それ以上に——人間とは違う生き物であった。

戦闘は、組織の三分の一が失われると敗北が決定する。すでにガレー船の半数以上が失われている。

一瞬の惨劇《さんげき》を目にして、まだ戦おうなどという愚か者はさすがにいなかった。二人がほぼ同時にガレー船へ走り、雪崩《なだれ》を打って残りの者たちがガレー船に飛びついた。河へとガレー船を押《お》しやって乗り込む。

メティスは背中から斬りかかることも背中に矢を放つこともしなかった。相手は完全に戦意を喪失《そうしつ》しているのだ。そして皆殺《みなごろ》しはメティスの目的ではない。

ガレー船は戦意を失った者たちを乗せてテルミナス河へ飛び出した。船からメティスに向かって矢を放つ者はいなかった。代わりに、しきりにメティスの方を向いて攻撃してこないか警戒《けいかい》していた。

皆、死の恐怖と戦うので精一杯《せいいっぱい》、死神から逃げるので精一杯だった。

とんでもない者を相手にしてしまった。このままじゃおれたちは全員殺される——。

切羽詰《せっぱつ》まった、血の気のなくなった顔がそう告げていた。メティスに対して手柄を立てようという功名心は完全に消え失《う》せて、アグニカへ無事逃げることしか頭の中にはなかった。

メティスは剣を河の水で洗うと、茂みに歩み寄った。

船頭が怯《おび》えた表情で顔を出した。メティスは騎士が差し出した袋《ふくろ》から金貨十枚を取り出して、手渡《てわた》した。

「助けになったぞ、礼を言う。ついでに馬も用意してくれれば、倍額渡そう」

2

サリカ伯ゴルギントは、自分の部屋で深紅《しんく》のふかふかのソファに腰掛《こしか》けてガセルの使者を迎《むか》えたところだった。

メティス追撃《ついげき》の報告を待っている間に、イスミル王妃《おうひ》の使者が到着《とうちゃく》したのだ。メティスと入れ代わるように使者が現れたのである。

「このたびのカリキュラのこと、我が王妃は激しい怒《いか》りを示されている。貴国は裁判協定を守っていない、協定をねじ曲げて運用して我《わ》が国《くに》の商人を苦しめていると」

「そのことだが——」

とゴルギントは手を挙げた。

「町の死体は見たか？　あの者はシビュラを殺し、カリキュラを襲ったと自白した者の死体だ。我が国の法が裁き、刑罰《けいばつ》を下した」

「我が王妃は犯人は違う者だと睨《にら》んでいる」

と使者は答えてじっとゴルギントを見た。疑いの目だった。犯人はおまえだと言わんばかりの眼差しである。途端にゴルギントはマウントに出た。

「わしがそうだと申すのか！　そのような者に会う時間などない！　帰れ！　二度と王妃の使者とは会わぬ！」

大声にも使者は怯《ひる》まなかった。

「カリキュラを襲撃したのは数十人、貧しい身なりのものではなく、非常によい剣を持っていたと複数の者たちが証言している。貴殿《きでん》は嘘《うそ》をついている。我が王妃は嘘にたばかられるような愚者《ぐしゃ》ではない」

「消えよ！」

怒号を受けても使者はやめなかった。

「我が王妃が求めているのは真実と是正《ぜせい》のみ。茶番も虚偽《きょぎ》も不正もいらぬ。茶番と虚偽と

不正を繰《く》り出す者には、必ず神罰《しんばつ》が下るであろう」

使者を追い払うと、ゴルギントは中庭に出た。執事《しつじ》がグラスを持って近づいてくる。オセール産の蜂蜜《はちみつ》酒である。

「メティスは捕らえたか？」

「ガレー船は半数が殺されたそうでございます」

ゴルギントはくわっと目を剥《む》いた。

「おめおめと逃げ帰《かえ》ってきたというのか！　ガセルの果てまで追うのが仕事であろうが！　皆、斬れ！」

「新たに兵を繰り出しました。今、追いかけているはずでございます」

「もう間に合わぬわっ！」

とゴルギントは怒号を発した。

怒りで頭の中は沸騰《ふっとう》した。

予想通りメティスはやってきた。そして自分はそのことに気づいた。部下を追わせたが、馬鹿どものおかげで逃げられてしまったのだ。

（メティスめ……！）

3

午後三時のサリカ港からガセルの船が出発していった。イスミル王妃の使者を乗せた船である。入れ代わるようにヴァンパイア族の男が、黒い翼《つばさ》を広げてサリカ港に降下してきた。

少し寄り道したせいで、到着が半時間ほど遅《おく》れてしまった。ガセル側の砂浜でたくさんの死体を見つけたのだ。

下りてみたらアグニカ人だった。金髪《きんぱつ》に碧色《へきしょく》の目だったから間違いない。ガレー船の乗組員だったようだ。剣を抜《ぬ》いているところを見ると、騎士だったのだろう。

皆、斬られるか矢で射られるかして死んでいた。

(誰《だれ》が殺したんだ……?)

ガセル人?

わからない。殺した当人はいなかった。ただ、太刀は鋭かった。何度も斬った跡《あと》がない。一太刀《ひとたち》で急所を斬っていた。矢の方も一本で急所に突き刺さっていた。相当の腕前《うでまえ》の持ち主である。

そんなことを調べていたせいで、遅れてしまったのだ。

サリカ港は人が多い。上空から見ると、多くの虫が集まっているように見える。どんどん高度が下がると、小さな虫みたいだった人間が大きく見えてくる。ヴァンパイア族にしか見えない光景だ。

ふと、妙《みょう》なものが目に入った。

絞首台に何かがぶら下がっている。

――死体だ。人間の死体がぶら下がっているのだ。黒い翼を畳《たた》んだカラスが群がって死体に食い付いている。

（また死体かよ）

ヴァンパイア族の男は両翼《りょうよく》を広げて滑空《かっくう》に入り、ヒュブリデの商館の一階の入り口に舞い降《お》りた。左手には交易裁判所が見える。

ちょうど商談が成立した後らしく、手前にアグニカ人の商人がいて、奥《おく》にヒュブリデ人のエルフの商人がいた。ごついアグニカ人の男たちが、白い壺《つぼ》に入ったオセール産の蜂蜜酒《ミード》を運び出そうとしていた。

「待て」

アグニカ人の商人が鋭《するど》い声で呼び止めた。

「見せろ」

と低い声で命じる。大男が担《かつ》ごうとした壺を差し出す。

亀裂《きれつ》が入っていた。それも二口《こう》とも。

中身はまだ漏れていないが、輸送中に沁《し》みだすのは間違《まちが》いない。

「おい、どういうことだ！」

とアグニカ人の商人はヒュブリデ人のエルフに怒号を向けた。

「何か？」

「何かじゃない！　ひびが入ってるだろ！　こんなものを売りつけるつもりか！」

と喧嘩腰《けんかごし》になる。血の気の多い、短気な商人のようだ。それとも——少しアルコールでも入っているのか。

「たまたまひびが入っていたのだろう」

「何がたまたまだ！　粗悪品《そあくひん》を売りつけようとしたな!?」

「粗悪品とは人聞きの悪い」

とヒュブリデ人のエルフもむっとした表情を見せる。

「交換《こうかん》しろ！」

「もちろん交換させていただくが——」

「その代わり、この二口分はタダだ！」

とアグニカ人の商人が強気に出る。ヒュブリデ人のエルフが顔色を変えた。

「ゾドス殿《どの》、それは強欲《ごうよく》というものだ。交換すれば済むだけのこと。交換した上に二口分の代金を払わぬとは、盗人《ぬすびと》のすることだ」

「誰が盗人だ！　盗人はおまえだろう！」

とアグニカ人の商人はいきなり腰から短剣《たんけん》を抜いた。

わっとヒュブリデ人のエルフは飛びのいた。顔に引きつった恐怖と怒りがある。

「商館の中での抜剣《ばっけん》は御法度《ごはっと》だぞ！　商人の掟《おきて》を破ったな！」

その時には、控《ひか》えていたエルフの騎士《きし》がすでに長剣《ちょうけん》を抜いて歩み寄っていた。アグニカ人の商人が見たのは、エルフの騎士が剣を振り上げた姿だけだった。

次の瞬間には、アグニカ人の商人は太い一撃《いちげき》を食《く》らってその場に倒れていた。手許《てもと》から短剣が離《はな》れる。すぐにエルフの騎士が短剣を足で踏《ふ》んづける。

「おまえは商人の掟に背《そむ》いた！　裁きを覚悟《かくご》しろ！」

エルフの騎士が突《つ》き刺《さ》すような大声で叫ぶと、この者をサラブリアへ連行しろ！　とヒュブリデ人のエルフの商人が険しい顔で叫んだ。

アグニカ人の大男たちはうろたえていた。加勢しようにも、相手は剣を持っている。短

剣は持っていないが、抜けばさらに商人の掟に触れることになる。

「おまえたちは荷物を置いていけ！　商談は取り消しだ！　掟を破る者と商《あきな》いはせぬ！」

そこでエルフの商人は初めてヴァンパイア族の男に気づいた。

「こ、これは……ご到着されていたのか……よくお越《こ》しになった」

と笑顔《えがお》になる。奥に向かって酒！　と叫ぶ。

「どうしたんだ？」

とヴァンパイア族の男は尋《たず》ねた。

「商人の掟を破ったんだ」

とエルフの商人が答える。

「商人の掟？」

「どの国の港でも、商館の中での抜剣は御法度なんだ。抜いた者はすぐに拘束《こうそく》されて、その商館の国の裁判所で裁かれる」

「商館で剣を抜いちゃだめなら、抜かれた相手はどうすんだ？　剣を持ってるやつに丸腰《まるごし》は無理だぞ」

とヴァンパイア族の男は突っ込んだ。

「相手が先に剣を抜いた場合、応戦で抜くのは許されている」

へ～えとヴァンパイア族の男は相槌《あいづち》を打った。

「じゃあ、おれたちもここで剣を抜いたら捕《つか》まるのか」

エルフの商人は笑顔を見せた。

「法的にはそうなるが、あんたたちはそんなことはしないよ」

奥から出てきた下っぱらしい若いエルフが、蜂蜜酒を注いでヴァンパイア族の男に手渡した。

一口飲んで、すぐにわかった。

オセール産だ。蜂蜜酒はヒュブリデの特産品の一つである。中でもオセール産は最高級ブランドである。

「死体がぶら下がってたな。なんかあったのか？」

とヴァンパイア族の男は尋ねた。

「ガセルの女商人を殺したやつが捕まって、この間処刑《しょけい》されたんだ」

とエルフの商人が答える。

「ガセルの女商人？　カリキュラってやつか？」

ヴァンパイア族の男の問いに、

「殺された者ではないが、よくその名前を知ってるな」

とエルフの商人は驚《おどろ》いた。

「実はヒロト殿からカリキュラの無事を確かめてくれって頼《たの》まれたんだ。変な夢を見たっていうからよ」

「カリキュラは死んでいない。襲《おそ》われたが助かってる。処刑されたのは、その姉の方を殺して、妹も襲ったやつだってことになってたな」

「なってた？」

とヴァンパイア族の男は聞き返した。

「裁判ではそうなってる。でも、カリキュラに面通しさせたわけでもないらしい。アグニカの裁判所は信用できん。だいたい、死刑囚《しけいしゅう》に猿轡《さるぐつわ》を噛《か》ませるなんて、聞いたことがない」

「猿轡？」

「死刑囚は全員猿轡を噛まされていた。思い切り涙《なみだ》を流して唸ってたよ。きっと余計なことをしゃべられたらたまったもんじゃないから、猿轡を噛ませていたんだろうな」

「余計なことって？」

エルフの商人はヴァンパイア族の男の顔に耳を近づけた。

「『おれたちはやっちゃいない、濡《ぬ》れ衣《ぎぬ》を着せられたんだ』って叫ばれたくなかったんだろう。濡れ衣を着せたのはたぶんここの領主様だ」

「間違いないのか？」

ヴァンパイア族の男の問いに、エルフの商人は苦笑《くしょう》を浮《う》かべた。

「あんな茶番、誰も信じちゃいないよ。ただ、証拠《しょうこ》がない。ゴルギント伯《はく》はいつもそうなんだ。絶対、証拠を残さない」

ヴァンパイア族の男はうなずいて、

「じゃあ、砂浜の死体はどうなんだ？　ゴルギントの仕業《しわざ》じゃねえのか？」

と尋ねた。

「砂浜？」

「ガセル側の砂浜に二十体近くあったぜ。アグニカ人だった。ほとんどは斬られてたな。間違いなく凄腕《すごうで》の仕業だぜ」

エルフの商人は慌てた。

「そんな話は聞いていない。詳《くわ》しく聞かせてくれ」

第七章　使者

1

ヒュブリデ王国サラブリア州――。

長身の十八歳《さい》ほどの男が、ドミナス城の三階の部屋で目を覚ました。朝陽が窓から斜《なな》めに入り込《こ》んでシーツに白と黄色の入り交じった光を投げかけている。レンブラントの世界のようだ。男は白いブリオー――シャツっぽい、上半身に着る下着――を着たまま起き上がって、枕元《まくらもと》の眼鏡をたぐりよせて掛《か》けた。

相田相一郎《そうだそういちろう》――ヒロトの小学生時代からの幼馴染《おさななじ》みである。異世界《ディフェレンテ》からの人間の一人だ。

相一郎のすぐ隣には、垂れ目のちっこいヴァンパイア族の少女がうつ伏《ぶ》せで眠《ねむ》っていた。毎晩、本！　本！　とおねだりするおちびちゃんは快眠《かいみん》中である。

ヴァルキュリアの実の妹、キュレレだった。

キュレレの方の枕元には、昨夜読み聞かせた分厚い羊皮紙の本が置かれている。カリキ

ユラの部下がお礼に持ってきたものだ。

今でもカリキュラのことを思うと、胸が苦しくなる。同時に悔《くや》しくなる。

（おれの責任なのかな……）

真面目な相一郎はそう思ってしまう。

カリキュラが姉シビュラの殺害を訴《うった》え、自分もサリカの交易裁判所から裁判協定に違反《いはん》する不当な裁決を受けた時、相一郎はサリカに派遣《はけん》された。キュレレも密航してともにゴルギント伯の屋敷《やしき》とサリカの交易裁判所を訪問。裁判所では相一郎がキレて恫喝《どうかつ》外交を展開、カリキュラの訴えを再受理させてカリキュラに有利な裁決へと導いたのだ。

だが――。

あの時、もし今後カリキュラに危害を加えればヒュブリデは許さない、ヴァンパイア族も静観すると思うな、と脅《おど》していればどうなっていただろう。カリキュラは襲われなかったのではないか。ヒロトなら、それくらいの脅しを掛けていたのではないか。

そう思ってしまうのである。ヒロトは気にするなと言うかもしれないが――。

あの時は力になれたと思ったけれど、結局力になれなかったのだろうか、と相一郎は思った。できるならば、挽回《ばんかい》したい。今度こそ力になってやりたい。でも、今の自分ではどうすることもできない――。

2

エンペリア宮殿の天蓋《てんがい》のついた寝台《しんだい》で、呻き声が漏れた。目を覚ましたのは、裸《はだか》のまま眠っていた、顎《あご》まで伸びたさらさらの金髪の青年だった。唇《くちびる》が引きつっている。

ヒュブリデ国王レオニダスである。

アグニカ王国のサリカ伯ゴルギントが夢に出てきたのだ。しかも、明礬《みようばん》石の輸出停止を喰《く》らう夢だった。

（くそ……縁起《えんぎ》でもない夢を……）

これで三回目の夢である。レオニダスは裸の身体を半分起こして、

「おい、水を持ってこい！」

と叫んだ。

すぐに侍女《じじょ》が蜂蜜酒を注いで手渡す。

「阿呆《あほう》！　水だ！　おれは冷たい水が欲《ほ》しいのだ！」

侍女が慌てて飛んでいく。だが、井戸までは少し距離がある。レオニダスはやむを得ず蜂蜜酒を飲んだ。高級ブランドのオセール産の蜂蜜酒なのに、美味《うま》いと感じない。

（くそう……ひどい夢を見た……）

最低であった。

先日、ガセルの女商人がヒロトに懇願《こんがん》に来た後、大長老と宰相《さいしょう》からも明礬石のことで言われた。

やかましいと思った。言われなくとも重要性はわかっている。

ヒロトは将来、中長期間にわたって明礬石確保に問題が生じるから、艦隊《かんたい》を派遣すべきだと主張していた。大長老や宰相は、艦隊派遣《かんたいはけん》をすれば近々に明礬石確保に問題が生じるから使節の派遣で留《とど》めるべきだと主張していた。二つの意見を比べて、結局安全パイの方を採った。

結果的にはヒロトが選んだ使者——相一郎が問題を片づけてくれた。初めてヒロトの提案を退けて、違《ちが》う決断で結果が出たのだ。

《この国の王は陛下です。多くの者に広く意見を聞いた上で最終的に決めるのが陛下です。ヒロトにばかり頼《たよ》る、ヒロトの意見ばかり聞くでは、反発は広まりますぞ》

ユニヴェステルから以前言われた言葉が耳に蘇《よみがえ》る。現実に大貴族たちが連合して貴族会議で反レオニダス、反ヒロトと言える決議——戦争に伴《ともな》う課税に対して一切《いっさい》反対する——を打ち出しているので、心の底がちくりとする。

やかましいと思う。おれはヒロト一辺倒《いっぺんとう》ではない。一番信用できるやつの言葉を聞いて、一番正しい言葉を選んでいたらそうなっていただけだ。おれはいつでも自分で考え、自分で決めているのだ。

そう思うが、引っ掛かる。不安があるのだ。

ヒュブリデ側からの協議の提案に対して、ガセル王妃は激怒《げきど》した。レオニダスにとっては、怒《おこ》ったからといってどうというわけではないが、ガセルがアグニカに対してキレかけていることははっきりわかってしまったのである。

（これで万事《ばんじ》うまくいくのか？）

ガセルはキレかけている。しかも、相手はゴルギント伯である。あのゴルギント伯があの眼鏡如《ごと》きの圧力に屈《くっ》してずっとおとなしくしているとは思えない。

侍女が戻ってきた。今度は水を注いだグラスを持っている。軽く飲んでみせた。

毒は入っていない。

手渡されたグラスを受け取って、レオニダスは水を飲み干した。だが、気分はすっきりしない。

「何度も同じやつの夢を見るのはなぜだ？」

とレオニダスは侍女に尋ねてみた。

「きっとその方《かた》が陛下をお好きか、陛下がその方をお好きなのでは?」

と侍女は答えた。途端にレオニダスは甲高《かんだか》い声で叫んだ。

「アホか〜っ! おれがゴルギントを好きになるか〜〜〜っ!」

3

午前九時の朝陽が照らすエンペリア宮殿の正門の前に、ラド港から騎乗《きじよう》してきたアグニカ人がようやく辿《たど》り着いたところだった。慣例に従って、下馬して正門を通過する。男は緑色のマントを羽織った恰幅《かつぷく》のよい騎士だった。後ろの兵は帆と剣の紋章旗を掲げている。

ゴルギント伯の部下、ジゴルである。いよいよ敵の本丸に辿り着いたのだ。

目的は餌《えさ》をばら蒔《ま》くこと。

レオニダス王は食らいつく?

十中八九。ヒュブリデは提案を呑《の》まざるをえまい。不安はいつでも、人を——そして国家を呑み込むものなのだ。

ただ、ヒュブリデには辺境伯《へんきようはく》がいる。辺境伯は間違いなく反抗《はんこう》するだろう。それこそが

ゴルギント伯の狙いである。刃向《はむ》かった者に対して、自分は止《とど》めを刺して帰ることになる。

4

応接室のソファに座《すわ》った女たちが、真面目な顔をしてカードとにらめっこしていた。面子《メンツ》はエクセリス、ソルシエール、ミミア、ヴァルキュリア、そしてヒロトである。銘々《めいめい》、残り枚数はだいたい一～四枚に差しかかっている。

ヒロトたちはババ抜き――英語で言うならジョーカーゲームの真っ最中であった。元々はオールドメイドというゲームで、オールドメイド、すなわちオールドミスとかハイミスとか、いわゆる行き遅れ女性のカードがあって、そのカード一枚を抜いた五十一枚でプレイして、最後にオールドメイドが一枚余ってしまった人が負けというゲームだった。それがトランプに取り入れられてオールドメイドがクイーンで代用され、さらにクイーンを一枚抜くのではなくジョーカーを加えて五十三枚でプレイするようになったのが、ババ抜きである。

ヴァルキュリアはお行儀《ぎょうぎ》悪く横たわって、カードを見ながらニヤニヤしていた。ミミアは、残り一枚しかないからか、にこにこしている。ソルシエールは真顔である。眼鏡の奥

で怪《あや》しい真剣《しんけん》な眼差《まなざ》しを煌《きら》めかせている。エクセリスはいつものようにきりっと美しい表情を浮かべている。が——カードの中にしっかりジョーカーが入っている。

ヒロトが四枚のカードを差し出し、ソルシエールが取った。残念そうな表情が、わずかに口許《くちもと》に浮かぶ。同じ数字のカードはなかったらしい。ソルシエールの残りは四枚、ヒロトの残りは三枚である。

ソルシエールがカードを扇形《おうぎがた》に開いてエクセリスに差し出した。エクセリスが少し考えて引く。口許が微笑《ほほえ》んだのは同じ数字のカードがあったからだろう。エクセリスの残りが二枚になる。

それから、ミミアにカードを向けた。二枚のうち一枚はジョーカーである。

引け。引け。ジョーカーを引け。

エクセリスはそう念を送っているに違いない。

ミミアは片方を引きかけ——一瞬、エクセリスの唇が動いた。ジョーカーだったのだ。だが、引く寸前に浮気《うわき》して隣のカードを引いた。

ミミアが破顔した。

同じ数字——。

ペア成立、最初の勝ち抜けだった。レグルス共和国のカジノでも意外な賭運《かけうん》の強さを見

せたミミアだったが、ババ抜きでも健在であった。

ヴァルキュリアがヒロトに四枚のカードを向ける。

「ヒロト～、右端《みぎはし》にジョーカーがあるぞ～」

とヴァルキュリアが言う。

もちろん、嘘である。ヒロトを惑《まど》わすためである。ヒロトは何も考えずに直感でカードを引いた。

手持ちのカードと重なる数字ではなかった。三枚から四枚に増える。扇形にして四枚をソルシエールに差し出す。ソルシエールが一枚引いて笑顔になった。残りが二枚になる。

それからまたエクセリスに向ける。エクセリスが少し考えてソルシエールのカードを引く。渋《しぶ》い表情だったのは、同じ数字のカードがなかったからだろう。また枚数が二枚に戻る。エクセリスは二枚のカードをヴァルキュリアに差し出した。ヴァルキュリアが反射的なスピードで一枚引《ひ》き抜く。一瞬、エクセリスの唇が動いた。

「いひひ」

ヴァルキュリアが笑う。カードが四枚に増えた。そのうち一枚はジョーカーである。

「ヒロト～、右端にジョーカーがあるぞ～」

冗談《じょうだん》だと思ったヒロトは右端のカードを抜いた。

唇が凍結した。

「ぎゃははは！」

ヴァルキュリアが大爆笑《だいばくしょう》した。最悪の大当たりだった。ヴァルキュリアの罠《わな》に引っ掛かって、見事にジョーカーを引いてしまったのだ。

（くそ……さっきは右端になかったのに……）

ヒロトは四枚のカードを扇形に開いてソルシエールに向けた。ソルシエールが考《かんが》え込む。眼鏡の奥からじ～っと睨み、右端を抜いた。

「やった！」

二番目の勝ち抜けであった。ヒロトの手許には相変わらずジョーカーが残っている。

エクセリスはヴァルキュリアに残り一枚のカードを差し出した。ヴァルキュリアが抜いて、三番目の勝ち抜け決定である。「よし」とエクセリスが小さく声を上げ、ヴァルキュリアも声を上げた。同じ数字のものがあったらしい。残り二枚である。

ヴァルキュリアが二枚のカードを差し出した。ヒロトのカードはダイヤの4とハートの8、そしてジョーカー。ヴァルキュリアもダイヤの4とハートの8を持っているはずだ。

ヒロトは一枚引いた。

ダイヤの4だった。これで残りは二枚。ヴァルキュリアは一枚である。ここでヴァルキ

ユリアがジョーカーを引けば、ヒロトに逆転の可能性が出てくる。

（同じ引っかけを使ってやるか）

ヒロトは右端にジョーカーを並べて、

「ヴァルキュリア、右端にジョーカーがあるぞ〜」

と誘《さそ》いかけた。ヴァルキュリアは迷いもなく左のカードを取った。

（え⁉）

「やった〜っ！」

ヴァルキュリアが両手を上げてカードを放り投げた。ヒロト敗北の瞬間《しゅんかん》であった。

「なんで右端を取らないんだ？」

「愛情表現」

とヴァルキュリアがにやつく。

「嘘つけ」

「ヒロトだったら絶対仕返しで同じことをすると思ったぞ〜、思った通りだったぞ〜」

ヒロトは苦笑した。

ちゃっかり彼女《かのじょ》に見破られていた。外交の名手も形無しである。

「じゃあ、今日はおれがお酒を注《つ》がせていただきます」

ヒロトは立ち上がった。負けた人間が皆にお酒を注ぐという賭《か》けをしていたのだ。そして見事に負けた。

(レグルスでも、賭けで負けたんだよな……)

と不吉《ふきつ》なことを思い出す。

ヒロトは応接間に移動した。ヴァンパイア族の男性の姿はなかった。まだ飛空便の返事はない。カリキュラのことは依然《いぜん》として気になっている。頭の片隅《かたすみ》では、艦隊派遣のことが引っ掛かっているのだ。

カリキュラが姉の死を訴えた時、ヒロトは力による威圧《いあつ》を訴えた。だが、大長老も宰相も大法官も書記長官も反対した。曰《いわ》く、

・ゴルギント伯はヒュブリデの貴族会議で大規模な派兵に必要な課税への反対決議が出されたことを知っている。

・二、三隻《せき》の艦隊を派遣したところで、こけおどしにしか映らず、ゴルギント伯の態度を変えられない。

・そもそもゴルギント伯は、艦隊を派遣されて態度を改める男ではない。

・艦隊を派遣すれば、報復として明礬石の輸出制限や輸出禁止を喰らう。

・それならば、最初は使節を派遣して抗議《こうぎ》し、次に使節のレベルを上げて抗議し、最終的に艦隊を派遣する方が明礬石への悪影響《あくえいきょう》がなく、望ましい。

ヒロトからすれば、正直ふざけるなのレベルである。

何をびびってるんだ？　明礬石のことで腰《こし》が引けすぎだろ？　それこそ、ゴルギント伯に舐《な》められるぞ！

心の底ではそう思っていたが、腰抜《こしぬ》けの案の方が通ってしまった。政治では、常に正しい策が採用されるわけではない。くだらない配慮《はいりょ》やくだらない不安や誤った前提が、政策をねじ曲げる。そしてその失敗の結果を、国家の未来が受けることになる。

ヒロトはグラスを出して、ワインの栓《せん》を抜いた。いつもはソルシエールやミミアがやってくれていることである。地味で評価されないが、実は助けられている仕事、ありがたい仕事だ。

ふと、メティスのことが頭に浮かんだ。ずいぶんと前に手紙を出したのだが、まだ返事が来ない。偵察《ていさつ》にでも出掛《でか》けてしまって、返事が書けずにいるのだろうか。

グラスにワインを注ぎだしたところでエルフの近衛兵《このえへい》が入ってきた。

様子が変だった。やけに真剣で、少し周りを警戒している様子があったのだ。近衛兵は

ヒロトにまっすぐ歩み寄ると、ひそひそ声で耳打ちした。

「陛下の寝室へお急ぎください。望まれぬ者が到着しました」

と親衛隊は謎《なぞ》めいた言い方をした。

「望まれぬ者？」

「ゴルギント伯の使者です」

ヒロトは息を呑んだ。

予想外の来訪である。サリカの地にどんと構えて動くことはあるまいと思っていたのだが——使者？

しかも、まだ驚愕《きょうがく》は残っていた。

「何やら提案があると申しております」

5

午前中の爽《さわ》やかな光がエンペリア宮殿《きゅうでん》の高い腰壁《こしかべ》と緑色の壁《かべ》に射《さ》し込んでいた。その廊《ろう》下《か》をアイボリー色の長衣《ちょうい》を纏《まと》った美しい卵形の禿《は》げ頭《あたま》の老人が歩いていた。人間離《ばな》れした大きく尖《とが》った耳元と口元にだけ白髪《しらが》が残っている。

大長老ユニヴェステル――エルフ長老会の頂点に立つ男である。

すぐ後ろを歩くのは、黒ずくめの長衣を全身に纏い、左目に黒い眼帯を着けた男だった。

私室でいつも撫《な》でている黒猫《くろねこ》はいない。

宰相パノプティコスである。

二人は大長老の部屋で、貴族会議を代表してやってきたルメール伯爵《はくしゃく》とフィナス伯爵に会ったところだった。フィナス伯爵は、かつて財務長官を務めていて王に解任された男である。

《決議は我《わ》が国《くに》のためにはならぬ》

ユニヴェステルの主張に対して、

《課税を認める、認めないは古来保証されてきた貴族の権利である。それを行使したままのこと。我が国が一部の者の占有《せんゆう》となることは阻止《そし》されねばならぬ》

とルメール伯爵は答えた。

一部の者とはヒロトのことである。

《ヒュブリデの人間でありながらなにゆえにヒュブリデの両腕両脚《りょううでりょうあし》を縛《しば》る？》

ユニヴェステルが切り込むと、

《ヒュブリデのエルフでありながら、なぜ占有を許す？》

とルメール伯爵は返した。
《王は激怒されている。これ以上の対立を望まぬのなら、決議を取り消すことだ》
《占有を取り除くのが先決だ》
とルメール伯爵は切り返した。まったくの平行線である。
《条件はわかっている。ハイドラン侯爵《こうしゃく》の王位取り消しを取り消せ、枢密院《すうみついん》顧問官《こもんかん》に復帰させよ、であろう》
とユニヴェステルは懐《ふところ》に切り込んだ。
《今の我が国には必要な人物が欠けている。代わりに不要な人物が重用されている》
ルメール伯爵の返しに、
《不要な人物が国家の危機を取り除くことはない！　明礬石の問題を解決することもない！》
ユニヴェステルはそう強く叫《さけ》んで、物別れに終わったのだった。
（どうしようもない馬鹿どもだ）
とユニヴェステルは思った。
かつてこの国はエルフが統治していた。エルフが人間たちを統《す》べていたのだ。だが、人間たちの反発を抑《おさ》えるため、要職に人間をどんどん就《つ》かせるようになった。その過程の中

で、貴族たちにも課税の認可権《にんかけん》を与《あた》えたのだ。貴族会議の課税認可権である。

だが――。

結局貴族は国のためには動いていないのだ。自分たち貴族という既得《きとく》権益のためにしか動いていないのだ。

貴族会議に課税認可権を与えるのではなかった？

今ならばそう思う。

ただ、貴族会議が機能していた時代もあったのだ。だが、それは百年以上前のことだ。北ピュリスとの戦争を繰《く》り返していた頃《ころ》である。

テルミナス河沿岸の貴族だけが戦うのではなく、河からは遠い貴族も何らかの形で戦争に貢献《こうけん》すべきだ――。

そういう意識が共有されていた時には、貴族会議も機能していた。戦費をひねり出すために課税を承認《しょうにん》していた。

北ピュリス王国とは不思議な関係だった。テルミナス河を挟《はさ》んで争う関係でありながら、つながり合う関係でもあった。テルミナス河沿岸の貴族には、北ピュリスの貴族や王族と婚姻《こんいん》を結んだ者もいたのだ。

三十年ほど前から、北ピュリスとは平和になった。その後、ピュリスが北ピュリスに侵《しん》

攻《こう》し、ヒュブリデの貴族が義勇兵として北ピュリス防衛に参戦した。甲斐《かい》なく北ピュリスは敗れて滅《ほろ》び、ピュリス王国に統一されてしまったが、その少し前から貴族会議の腐敗《ふはい》が始まっていたのだろうと思う。

（王の暴走を止めるはずのものが、逆に貴族どもの暴走を招くとはな）

宮廷《きゆうてい》運営は難しい局面を迎《むか》えているとユニヴェステルは思う。王＆ヒロトＶＳ大貴族の対立関係が、この国を引き裂《さ》こうとしている。

折れてハイドラン侯爵を復職させる？

まさか。

ヒロトを左遷《させん》する？

ありえぬ。ヒロトはなくてはならない人間だ。ただ、ヒロトべったりの部分だけは軽減させたい。貴族の反感があるなしにかかわらず、王が一人の人間にべったりで頼りきりになるのは危険だ。国が滅ぶ前の兆候である。

ユニヴェステルは宰相とともに角を曲がった。ばったりヒロトと出くわした。急いでいる様子である。

「急ぎの用事か？」

とユニヴェステルは声を掛けた。ヒロトは振《ふ》り返って答えた。

「ゴルギント伯の使者が到着《とうちゃく》したそうです。自分も王とともに立ち会います」

第八章　悪魔《あくま》の提案

1

ヒロトと大長老ユニヴェステルと宰相パノプティコスが王の寝室に到着した時には、すでにレオニダス王はいつもの服に着替《きか》えていた。

「陛下、ゴルギント伯の使者が提案に来たとか」

「あいつの提案なんか食えるものか。無視してやれ」

とレオニダス王が突っぱねに掛かる。レオニダス王はアグニカ大嫌《だいきら》い、そしてゴルギント伯はもっと嫌いの人である。

「すぐにお会いになった方がよろしいでしょうな。冷遇《れいぐう》すれば、後々問題になります」

とすかさずパノプティコスが進言する。

「わたしも同感です、陛下」

とユニヴェステルも同意する。

「アホがまともなことを言ってくると思うか？」

　とレオニダス王が反発する。

「お会いにならなければ、あの男はそれを理由に反発して報復しますぞ。自分は誠意をもって接しようとしたのに、それをヒュブリデ王は無下にした、報《むく》いを受けて当然だと。それくらいする男です。陛下もそれはレグルスでご存じのはず」

　とユニヴェステルが畳《たた》みかける。

　尤《もっと》もな心配だった。充分《じゅうぶん》ありうることである。網《あみ》を張って報復の機会を待っている男に対して、わざわざ網に引っ掛かってやる必要はない。ヒロトから見ても、今無視するのは得策ではない。

「自分も同席いたします」

　とヒロトは助け船を出した。

「わたしが同席いたそう。ヒロト殿はゴルギント伯に対して強く出すぎるきらいがある。それで臍《へそ》を曲げられてはまずい」

　とパノプティコスがヒロトと張り合おうとする。レオニダス王がむっとした表情を見せた。

「おまえはいい。おれはいつもヒロトを同席させているのだ」

「陛下。大貴族の反発は一人を重用しすぎることにございます」

とパノプティコスが諫《いさ》めにかかる。だが、それはいらぬ一言――レオニダス王に対しては悪手だった。

「やかましい！　アホどもがどう思おうと、ヒロトが一番信頼《しんらい》できるからヒロトを同席させているのだ！　ヒロトより切れるやつがいるか！」

レオニダス王がキレた。

王がキレるのは好ましいことではないが、ヒロトにとってはうれしい発言だった。王に認めてもらえているんだ、評価してもらえているんだと胸が温かくなる。

王がキレたのでパノプティコスは退いたが、ヒロトに忠告を放つことを忘れてはいなかった。

「ゆめゆめ、ゴルギント伯を刺激《しげき》せぬように。明礬石の確保は最優先だ」

ヒロトは答えなかった。

「行くぞ。ついてこい」

とレオニダス王が先に歩きだした。

2

ファンファーレの音が高らかに鳴り響《ひび》き、王につづいてヒロトは謁見《えっけん》の間に入った。王のすぐ後ろはいつものヒロトのポジションである。少し高い場所から眺《なが》める謁見の間は、自分を不思議な気分にさせる。権力の座にいることを感じさせる。

だが、権力は永遠に揺《ゆ》らがぬものではない。いつでも政治的な地震《じしん》に揺さぶられる。

数段下の床《ゆか》には、緑色のマントを羽織った男が跪《き》坐《ざ》していた。マントの下には甲冑《かっちゅう》が見える。明らかに騎士《きし》である。顔は渋い三十歳《さい》ぐらい、ゴルギントに仕えている騎士だろう。使者として選ばれてきたからには、無能のはずがない。

ゴルギント伯本人ではないが、ゴルギント側の人間と会うのは、騒動《そうどう》以来初めてである。

やりこめるチャンス？

裁判協定の是正《ぜせい》を約束させればこの上なしだが、その可能性はゼロだろう。好機にはなるまい。まずは提案とやらを聞かねばならない。

騎士は片膝《かたひざ》を突《つ》いて待っていたが、レオニダスが謁見の間に姿を見せると少しだけ低く頭を垂れた。

「面《おもて》を上げよ」

とレオニダスは告げた。

「サリカ伯ゴルギントに仕えておりますジゴルでございます。誉《ほま》れ高き太陽の王レオニダス王にお目にかかれましたこと、我《わ》が身《み》にとって無上の喜びでございます」

と儀式的《ぎしきてき》な言葉から始める。通りのいい、少し太めの、芯《しん》のある声である。無能そうな声ではない。

「用件は何だ?」

とレオニダスはぶっきらぼうに尋《たず》ねた。

「ガセルの女商人シビュラを殺し、さらにその妹カリキュラを襲撃《しゅうげき》した河川賊《かせんぞく》の者たちを捕《と》らえ、処刑《しょけい》しましたゆえ、そのご報告に」

とジゴルは答えた。

明らかに空気がざわついた。王が呑まれている。聞いていないぞ、という声が聞こえてきそうだ。

青天《せいてん》の霹靂《へきれき》であった。

提案を聞くつもりで来たら、いきなり突拍子《とっぴょうし》もない報告から入ってきたのである。

(提案と聞いていたのに、なぜ報告……!?)

ヒロトははっとした。

意表から入ったのは、提案を呑ませるためだ。意表の後に提案すれば、提案は通りやす

くなる。

「ヒロト、聞いてるか？」

とレオニダス王は首を向けた。顔が少し焦《あせ》っている。

「先日、飛空便をお願いしています。サリカへヴァンパイア族を送ったので、今日明日にでも届きましょう」

とヒロトは答えて、

「すぐに提案が来ますよ」

と口許を押《お》さえて囁《ささや》いた。レオニダス王はうなずいたが、胸の動悸《どうき》は収まらぬ様子である。ヒロトは動転しているレオニダス王に代わって口を開いた。

「我が国は法を尊ぶ国。その裁判と処刑が公正なる法の下に行われたものなら歓迎《かんげい》しよう」

そうでないならば、断固許さぬ――。

その一言を付け加えようとしてヒロトは思《おも》い止《とど》まった。

ヒュブリデから法について突っ込まれることはゴルギント伯も使者も百も承知なのではないか。ならば、突っ込まれるのを想定した上で問答を用意しているのではないか。突っ込んだ途端《とたん》に反撃《はんげき》しようと手ぐすねを引いて待ち構えているのではないか。

（ここで留めておいた方がいい）

ヒロトは条件節つきの中立的な発言に留めた。

果たして、すぐにゴルギント伯《はく》の使者ジゴルは突っ込んできた。

「我が主君は法を尊ばぬ方だと？」

「たとえガセルでの裁判であろうとピュリスでの裁判であろうと、我が国は裁判と処刑が公正なる法の下で行われることを歓迎する」

とヒロトは答えた。ゴルギント伯に特化しない言い方をすることで、ジゴルの批判を躱《かわ》したのだ。

（やっぱり来たな。そろそろ提案が来るぞ）

ゴルギント伯の使者ジゴルは微笑んでみせた。

「我が主君はもちろん法を尊ぶ方。そして友好を尊ぶ方。王に対して次のようにお約束いただきたいと願っております。我が主君を是非《ぜひ》支持していただきたい、そして有事にはサリカへの派兵を約束していただきたい」

（派兵？）

首を傾《かし》げる提案だった。

貴族会議の戦争課税反対決議で、大規模な派兵などできないことはゴルギント伯も知っているはずだ。約束したところで中身のない空手形である。

（なぜ派兵を……？）

ゴルギント伯の使者はさらにつづけた。

「その代わりに我らは明礬石の輸送の安全を保証いたしましょう。戦中であろうとも、明礬石を運ぶ商船に我が艦隊の護衛船をおつけいたしましょう」

ヒロトの中に衝撃《しょうげき》が走った。

提案というのでろくでもないものに違いないと思っていたのだが、確かにろくでもないものだった。とんでもない甘《あま》い飴《あめ》がくっついていたのだ。

代わりに結び付けられていたのは――。

（そうか……）

ヒロトは派兵の意味を理解していた。

派兵は空手形。だが、別方向に関しては空手形にはならない。有事――すなわちガセルやピュリスとの戦争の際にサリカへの派兵を約束するとは、ガセルにもピュリスにも味方しないという意味なのだ。

（支持するというのもそういう意味か……）

とヒロトは唸《うな》った。

ゴルギント伯を支持するとは、内政のことでゴルギント伯を批判しないということ。つ

まり、裁判協定のことで批判しないという意味である。

両方ともに、ゴルギント伯に敵対しないこと、ガセルやピュリスの味方にならないことを要求している。

(我が国がガセル側につくことだけは何としても避《さ》けたいんだ)

とヒロトは得心した。

(ヒュブリデ、ガセル、ピュリスが束になってサリカに向かってくることだけは避けようとしてる……)

だが、裁判協定の違反《いはん》が引っ掛《か》かった。メティスへ助力を求めた者を一人殺害し、もう一人も殺害しようとしたことも引っ掛かった。

なぜ?

ゴルギント伯のことは半分わかったが、半分わからない。三カ国が束になって掛かってくるのがいやなら、なぜ裁判協定を遵守《じゅんしゅ》しないのだろう。

「ヒロト、受けるべきか?」

とレオニダス王が尋ねる。

「突っぱねるべきです。裁判協定のことで突っ込《こ》むな、ガセルとピュリスに味方するなと言っているんです。ガセルとピュリスとの関係がほぼ半永久的にこじれます。突っぱねて

相手の反応を見ます」

とヒロトは囁いた。それから再び口を開いた。

「我々は、裁判協定の条文に対する解釈《かいしゃく》が、なぜサリカ港だけシドナ港やトルカ港と違うのか、大いに疑問を懐《いだ》いている」

「サリカにはサリカの事情がございますので」

とジゴルがしゃあしゃあと答える。

「条文の解釈は、国内の場所によって異なるべきではない。国内で統一されるべきだ。貴国の王はなぜ解釈の統一をされぬのか」

とヒロトも返す。

「サリカを治めるのは我が主君であり、サリカの事を決めるのも我が主君でございます。女王ではございません」

とジゴルが突っぱねる。やはり、ゴルギントはサリカに関しては自分が王であり法であると考えている。

ヒロトはついに真正面から踏《ふ》み込んだ。

「裁判所によって解釈が異なるのは、法の国とは言えない。我が国はゴルギント伯に対して次のように約束することを望む。シドナ、トルカ港と同様、サリカ港においても裁判協

定が直ちに遵守されること。それが加えられることを強く望む」

　とヒロトは突っぱねた。

「では、お話はなかったことにさせていただきたい。失礼」

　と光速でジゴルは撤回《てっかい》した。撤回したばかりか、さらに立ち上がったのだ。

（フェイク？）

　初め、ヒロトは揺さぶりだと思った。退室の振りをして自分を揺さぶろうとしているのだと思った。

　だが、立ち上がった時のスピードに違和感《いわかん》があった。フェイクにしては速すぎたのである。しかも、その後、ジゴルはためらわずに出口へと向かった。

（まさか本気？）

　いやな予感がした。

（決裂《けつれつ》で終わらせるつもりか⁉）

　決裂という言葉が頭の中に閃《ひらめ》いた瞬間、ヒロトは悟《さと》った。

（それが狙《ねら》いか……）

　ゴルギント伯が用意した筋書きはきっとこうだったに違《ちが》いない。自分たちはとても歩み寄った提案をした。明礬石《みょうばん》についても最大限歩み寄った。だが、辺境伯《へんきょうはく》が頑《かたく》なに拒《こば》んで決

裂した。決裂した原因は、辺境伯である。辺境伯が我が国の法を尊重せず、我が国に対して裁判協定の遵守を強引《ごういん》に迫《せま》ったからである――。

ゴルギント伯の目的は、ヒロトを葬《ほうむ》ること、そして自分との交渉《こうしょう》に裁判協定の遵守が持ち出される未来を葬ることなのだ。

このまま決裂させる？

決裂すれば、まんまとゴルギント伯の罠に嵌《は》まることになる。ヒロトの目的は、ガセルとアグニカの戦争を抑止《よくし》すること、そのために裁判協定の遵守をゴルギント伯に約束させることである。だが、決裂すれば、裁判協定の遵守はゴルギント伯との交渉の議題から永遠に外されることになる。

（決裂させるわけにはいかない……！）

では、待てと制止する？

それこそ悪手だ。

待てと声を掛ければ、自分たちヒュブリデが劣位《れつい》に回る。ゴルギント伯側が優位に立つことになる。劣位の状態で交渉を始めても、ゴルギント伯の使者に裁判協定の遵守を棚上《たなあ》げするように約束させられるだけだ。

では、どうする？

決裂が目的だな？　と指摘《してき》してやる？

それもいい手ではない。決裂したのは貴殿《きでん》のせいだと言い返されてそのまま立ち去られれば、ヒロトが詰《つ》む。ヒロトも、そしてヒロトが主張する裁判協定の遵守も葬られてしまう。

（立ち止まらせるのが先決だ）

ヒロトは猛烈《もうれつ》に頭を回転させて、次の言葉を言い放った。

「戦争がしたいのか！　裁判協定が遵守されぬ限り、ガセルは必ずピュリスとともにサリカを攻撃《こうげき》するぞ！」

戦争の一言は有効だった。ジゴルはぴたりと足を止めて、顔を向けた。

「我が主君はいかなる戦争も恐《おそ》れはしない」

その言い方に、ヒロトは脳髄《のうずい》を直接衝《つ》かれたような気になった。

いかなる戦争も恐れはしない――。

短い断言だった。その断言に対して、ヒロト自身の問いが重なった。

《戦争がしたいのか？》

ゴルギント伯の使者が、ガセルとピュリスに味方しないように求めたこと、ゴルギント伯が裁判協定を破りまくっていること、メティスに助けを求める者を殺害しようとしたこ

とが、シナプスのようにつながった。

（もしかして、ゴルギント伯は強く戦争を望んでいる……？）

ヒロトは戦争を回避《かいひ》したいと思っている。そして戦争を抑止しようと思っている。やむをえぬ時には戦争も辞さぬが、積極的に戦争をしたいとは思っていない。自分自身がそうだからこそ、無意識に相手もそうだと思い込んでしまっている。相手にも自分と同じ考えがインストールされていると無意識に前提してしまっている。

だが、ゴルギント伯は？　同じ考え、同じ前提はインストールされていないのではないのか？　むしろ、自分と真逆ではないのか？

さらに頭の中がスパークした。

（そうだ、ゴルギント伯は戦争をしたいんだ……！）

ただし、条件つきで――。

ヒュブリデ・ガセル・ピュリスの三カ国との戦争は、ゴルギント伯は望んでいない。ガセルとピュリスの二カ国との戦争は、戦っても負けはせぬ、むしろ勝てると思っている。そして戦争の相手がガセル単独ならば――。

（それか……！）

ゴルギント伯がジゴルを派遣《はけん》した狙いは、ヒロトを葬ること、裁判協定の遵守を交渉の

議題に上げさせないことだ。

だが、ゴルギント伯が裁判協定を遵守せずにガセルを挑発《ちょうはつ》する狙いは、ガセル単独と戦争をすること、そしてさっさと終結させて有利な協定を結ぶことだ。その中には裁判協定の見直しも入っているだろう。

ゴルギント伯がヒュブリデに提案をしたのは、ヒュブリデがピュリスやガセルと共闘《きょうとう》することを防ぐためだ。もちろん、ゴルギント伯は今回の提案でそれが実現できるとは思っていない。そのため、まずヒロトを排除《はいじょ》し、裁判協定の遵守を交渉の議題から外させることで、ヒュブリデが自分たちに味方するしかない状況《じょうきょう》をつくりだそうとしている。今回の提案は、半分フェイクで半分本気だ。百％の本気はヒロトの排除の方にある。

ならば、どうする？

ゴルギント伯が一番いやなのは、ヒュブリデがピュリスと共闘すること、中でもメティスと共闘することだろう。二番目にいやなのが、ヒロトが排除されないことに違いない。

（さあ、どうする？）

ヒロトは猛烈なスピードで考えた。メティスとの共闘はまったく成立していない。話もつけてはいない。だが――。

思い切ってヒロトははったりを利《き》かせに出た。

「我々もいかなる選択肢《せんたくし》も排除しない。我々の選択肢が限定されているとはお考えにならない方がよろしい」

いかなる選択肢も排除しない――。

武力行使も、もちろん、ピュリスやガセルとの連合もありうると含《ふく》みを持たせた言葉だった。

武力行使もありうるぞという言い方が、平たくいえば「ぶん殴《なぐ》るぞ」に該《あた》るとすれば、いかなる選択肢も排除しないとは「態度を変えないならとっちめるぞ」に近い。

効果あり?

ジゴルは態度を改める?

まさか。

どんな返事が来るのかはヒロトにはわかっている。それに対してどう返事すれば、今の劣位状態から脱出《だっしゅつ》できるかも――。

「我が国に牙《きば》を剥《む》くというのなら、なおさら話し合う必要はない。双方にとって利のある提案をお持ちしたのに、甚《はなは》だ残念だ」

やはり決裂に引っ張ってジゴルは背中を向けた。それをヒロトは待っていた。

自分は危険な手を打とうとしている?

間違《まちが》いなく。

これから打つ手によってゴルギント伯に対する劣位はなくなるが、代わりにヒロトは枢《すう》密院《みついん》会議で劣位に立たされることになるだろう。

苦肉の策。ベターチョイス。残っているのが悪手しかないとすれば、いかにましな方を選ぶかだ。

（おれの選択肢は狭《せば》まるけれど、この手を打つしかない）

ヒロトはいきなりフランクな口調に切り換《か》えてジゴルの背中に言葉を放った。

「いいの？　枢密院会議の結果を聞かずに帰れば、ゴルギント伯はどう言うのかな」

ジゴルが止まった。その止まり方で、ジゴルがヒロトが受託《じゅたく》の気配を見せるとは予想していなかったこと、そして秘密協定の締結《ていけつ》が一番目の優先事項《じこう》だということがわかった。決裂しか目的でなかったなら、立ち止まることはしない。

ジゴルの顔がくるりと向いた。

「ご検討いただけるということか？」

「違うように聞こえた？」

とヒロトは聞き返した。

「受理されるということなら、お伺《うかが》いしよう」

　とジゴルはあくまでも高所から出た。受理されぬ可能性があるのなら聞かぬという意味である。優位を保とうとしたのだ。

「受理するしないは、これから枢密院で検討する。だが、枢密院の検討を聞く必要はない、枢密院の判断は聞かぬということなら、お帰りになるがよい。その代わり、決裂させたのはあなたということになる」

　とヒロトはひっくり返した。

「何をおっしゃっているのか？　決裂は――」

「おれは貴殿が待つのなら枢密院会議に諮《はか》ると言っている。受理するしないは、会議次第《しだい》だ。だが、あなたは枢密院の検討自体を拒絶《きょぜつ》している。決裂させたのはどちらなのだ？」

　とさらにヒロトは畳みかけた。

「拒絶しているわけではない」

「ならば、待たれるのか？」

「受理されるのならお待ちしよう。そうでないならば、帰らせていただく」

　とジゴルは上から目線の態度を崩《くず》さない。使者にあるまじき態度である。使者はみだりに相手国に喧嘩《けんか》を吹《ふ》っ掛けたりしないものだ。

（掛かったな）

ヒロトは攻撃に出た。

「検討の後、受理という形になったとしても、貴殿は枢密院の結果を聞かずに一方的に帰ったことにより、その代償《だいしょう》を支払《しはら》うことになる。我が国の枢密院を侮辱《ぶじょく》した代償を」

とヒロトは責任問題の刃《やいば》を突きつけた。ジゴルが沈黙《ちんもく》した。

枢密院は、ヒュブリデの最高の諮問《しもん》機関である。ヒュブリデ王は、枢密院の判断を尊重する。その枢密院の判断を待たないということは、枢密院を軽《かろ》んじた、つまり、侮辱したも同然なのだ。

もしゴルギント伯の提案が受理されたとしても、枢密院の判断を聞かずに帰ったことは、無礼としてそれなりの代償を求められることになる。それこそ、裁判協定の遵守を押しつけられかねない。使者の手として悪手である。

ジゴルはもう立ち去ろうとはしなかった。むしろ、悔《くや》しさを噛《か》みしめている感じがあった。少し前までは、優位に立っていたのはジゴルの方なのだ。だが、ヒロトが「枢密院に諮る、ただしジゴルが待つのならば」と条件をつけたことで、まるで波に洗われた砂の城のように優位が消えてしまった。

攻勢《こうせい》に出る好機だった。今なら、劣位を優位に転じることができる。

「返事がないというのは、待たぬということだな。了解《りょうかい》した」

ヒロトは背中を向けた。扉《とびら》へ向けて、一歩二歩、歩みだす。ジゴルが見せたのと同じ揺さぶりを仕掛《しか》けたのだ。

「お待ちいただきたい」

と慌《あわ》ててジゴルは呼び止めた。

「待つの？」

「よいご返答をいただけるので？」

とジゴルが確認《かくにん》しようとする。

「待たないのなら、おれ帰るよ」

とヒロトはさらに歩きだした。ヒロトが帰れば、ジゴルは枢密院を尊重せずに軽んじたというレッテルを貼《は》られることになる。待つのは侮辱の代償である。ジゴルは慌てて口を開いた。

「お待ち申し上げる……！」

3

謁見の間を出ると、レオニダス王はにやにや笑いながら身体を近づけてきた。

「あの馬鹿め。おれを揺さぶろうとして逆におまえに同じ方法で揺さぶられて慌てて返答しおったぞ。大馬鹿者めが」

とまた毒舌《どくぜつ》を吐《は》く。ジゴルの態度が気に食わなかったらしい。それから真顔に戻《もど》ってつぶやいた。

「裁判協定を持ち出すと、途端にゴルギントは反発するな」

「自分が王であり法だと思っているからでしょう」

とヒロトは答えた。

「おまえ、よかったのか？　枢密院に持ち込むと、協約を受託しろと言われるぞ。おれもおまえの味方にはならんかもしれんぞ」

と軽く王が牽制《けんせい》する。

「あの使者はおれを葬るつもりだったんです」

「おまえを？」

とレオニダス王が聞き返す。

「あれだけの餌《えさ》をぶら下げておれが断れば、話がぽしゃったのはおれのせいだってことになります。宰相《さいしょう》も大長老も大法官も書記長官もそう思うでしょう。もうゴルギント伯の相手はおれには任せられないということになります。さらに、交渉の議題に裁判協定の遵守

を上げるのが不可能になります」

「それか……」

とレオニダス王が唸る。

「ゴルギントめ。相変わらず脳味噌《のうみそ》が汚《きたな》い」

と王が愚痴《ぐち》る。それからヒロトに顔を向けて思いがけないことをバラした。

「しかし、おまえ、会議室に戻ったらひっくり返されるぞ。パノプティコスは何としても受託させようとするぞ。あいつとジジイは、織元と会ったみたいだからな」

ジジイとは大長老ユニヴェステルである。

(それであんなに明礬石のことを口うるさく言うのか)

織元の気持ちもわからないわけではないが、ヒロトにとっては迷惑《めいわく》である。明礬石を守ってこその国ではなく、国を守ってこその明礬石だということがわかっていない。

仕方がないという気持ちは、もちろんヒロトにはある。政治に関わる者や政治に影響《えいきょう》力《りょく》を持つ者が、すべてマクロの視点、国家の視点、未来の視点を持っているわけではない。自分たちの権益の視点で、しかも近未来しか見られないことの方が多い。

「陛下が突っぱねてくだされば問題はありません」

「阿呆《あほう》。そう簡単に突っぱねられるか」

「受託なさるので？　あの阿呆と手を結ぶおつもりですか？　仲良く手を結んでルンルンされたいのですか？」

とヒロトは刺激した。あの阿呆とはゴルギント伯のことである。

「阿呆、そんなやつがいるか」

とレオニダス王が吐き捨てる。

本心ではレオニダス王もいやがっている。しかし、明礬石のことが引っ掛かるから――ということだった。

王とは意見は完全には一致《いっち》していない。だが、久々に王と心が一つになったような気がした。前回、反対されてからどこかでぎくしゃくしたものを感じていたのだ。

「明礬石さえなければ、ゴルギントなどぶっ叩《たた》いている。とっくの昔に艦隊《かんたい》を派遣している」

とレオニダス王がつづけた。根っこはレオニダス王も叩きたいのだ。ゴルギント伯をぶちのめしたいのだ。

（根っこが同じなら、いけるかもしれない）

ヒロトは王とともに二人で角を曲がった。明らかに商人と見える少ししゃれた黄緑色の外套《がいとう》の男が目に入った。

黒髪《くろかみ》に青色の双眸《そうぼう》、そして浅黒い肌《はだ》――ガセル人だ。そしてそのガセル人を先導しているのは、全身骸骨《がいこつ》の身体の上から鎧《よろい》を着けた不気味な異種族だった。

骸骨族――それもソルム城からずっと仕事をともにしているカラベラだ。その隣《となり》には、ヴァンパイア族の男がいる。飛空便の仕事を終えて戻ってきたらしい。

商人と見える男が軽く頭を下げた。

「ヒロト殿《どの》。いいところにいらっしゃいました」

とカラベラは頭蓋骨《ずがいこつ》の眼窩《がんか》の奥《おく》の目の光を輝《かがや》かせた。

「ゴルギント伯がまたやらかしたようです。カリキュラ殿が襲撃されました。仲間八人が殺されたとのことです。河川賊の連中は河川賊にしては立派すぎる剣《けん》を持っていて、執拗《しつよう》にカリキュラ殿を殺そうとした模様です」

「何だと?」

とレオニダス王が声を上げる。商人と見える男はカリキュラの部下だったらしい。

「けど、ゴルギントは下手人を処刑したって言ってるぜ。五人、死体がぶら下がってたぜ」

とヴァンパイア族の男が横槍《よこやり》を入れる。途端にカリキュラの部下が怒《いか》りで叫《さけ》んだ。

「下手人など捕《つか》まっておりません！　カリキュラ様を襲《おそ》ったのは数十人の私掠船の船員です！　目撃者《もくげきしゃ》もいっぱいおります！　犯人はゴルギント伯です！」

第九章　悪手の握手《あくしゅ》

1

枢密院会議のため、王の執務室《しつむしつ》にはいつものメンバーが集まっていた。ヒロトにレオニダス一世、大長老ユニヴェステルに宰相パノプティコス。王国の重臣である。今ヒュブリデを動かしている四人だ。

緑色の上衣《じょうい》を着た頑固《がんこ》そうな恰幅《かっぷく》のいい中年男性が大法官、茶色の上衣を着た痩《や》せぎみの真面目そうな中年男性が書記長官である。

袂《たもと》の長い、白いロングドレスを着た、ほとんど見えないくらい細い目のブロンドの女が、精霊《せいれい》教会のナンバーツー、副大司教シルフェリスである。聖職者と思えないほど、ロングドレスの胸元《むなもと》が豊かに、悩《なや》ましげに盛り上がっている。

羽飾《はねかざ》りの帽子《ぼうし》を書記に預け、胸元がV字に切れ込んだ青いワンピースドレスの女が財務長官のフェルキナ・ド・ラレンテ伯爵《はくしゃく》。漆黒《しっこく》のミディアムヘアと青い瞳《ひとみ》、そして丸みのあ

る鼻頭《はながしら》とふっくらとした唇《くちびる》が上品な美しさを見せている。

古代エジプトの姫君《ひめぎみ》のように黒い前髪《まえがみ》を横一直線に切り揃《そろ》えたボブヘアの女が、宮廷顧問官《きゅうていこもんかん》で旧北ピュリスの王族ラケルである。彫《ほ》りが深く、エキゾチックな美しい切れ長の目をしている。睫毛《まつげ》が長い。鼻筋も細く際立《きわだ》っていて、ゾクッとするような異国情緒《じょうちょ》の美貌《びぼう》である。

（本当にひどいこと……決して許されることではないわ……）

ラケルは義憤《ぎふん》を覚えた。カリキュラの部下もヴァンパイア族の男性もすでに部屋にはいないが、自分の中の正義が、怒りの炎《ほのお》を吐き出すような感覚を覚える。

ゴルギント伯の提案。

カリキュラの部下の直訴《じきそ》。

ヴァンパイア族の男性による、処刑とアグニカ兵の遺体の報告。

そしてヒロトの内密の話――。

どれも重要なものばかりだ。ヒロトはヴァンパイア族の二つの報告――処刑の報告とテルミナス河岸でのアグニカ兵の遺体の報告を聞いて、メティス将軍の仕業《しわざ》に違いないと断じていたが、ラケルはことさらカリキュラの部下の話に心震《ふる》わされた。大いに怒りを覚えた。自分が女であるがゆえに、余計に憤激《ふんげき》を覚える。

ゴルギント伯が行なったのは、ただの猿芝居《さるしばい》だった。

シビュラの殺害もカリキュラの襲撃もわしが命じたことではない、河川賊が勝手にやったことである、それをわしは罰《ばっ》してみせたのだ――。

そういう嘘《うそ》八百のパフォーマンスだった。別の言葉で言えば、茶番である。とにかく裁判に掛けて処刑したという事実が欲《ほ》しくて行なわせたのが、見え見えの猿芝居だった。

なんて外道《げどう》。

なんて恥知《はじし》らず。

叩くべき時に叩かないからこうなるのだと思う。ピュリスが北ピュリスの領土に侵入《しんにゅう》して少しだけ領地をかすめ取った時にも、現地は派兵を要求したのに、北ピュリスの王は兵を差し向けて痛撃《つうげき》を浴びせるのではなく、金を払《はら》わせて済ませてしまったのだ。そのせいで北ピュリスに戦の意思はない、あったとしても薄弱《はくじゃく》であると看做《みな》されて次の侵攻《しんこう》を招き、結果的に北ピュリス滅亡《めつぼう》へとつながったのだ。

それと同じである。一カ月前、ヒロトの言う通りに艦隊を派遣していれば、ゴルギント伯はカリキュラの殺害を企《くわだ》てていない。ヒュブリデが裁判協定是正に対して本腰《ほんごし》であることがわかって、きっと是正に応じていたはずなのだ。

宰相と大長老、そして大法官と書記長官の四人のせいだとラケルは思った。ラケルには

四人が北ピュリス亡国を進めた愚《おろ》かな王と家臣に重なる。国王レオニダス一世も責任は免《まぬが》れない。王が英断していれば、問題は生じていないのだ。

このたびの事件でヒュブリデはどう動くだろう？　自分の考えは、艦隊派遣《かんたいはけん》あるのみだ。ゴルギント伯は、ヒュブリデに武力行使などできるものかと高を括《くく》っている。ぎゃふんと言わせるべきだ。明礬石のことなど気にせず、艦隊を派遣してやればいい。それでもしゴルギント伯が明礬石で問題を起こせば、さらに派兵してやればいいのだ。

だが、ヒロトはゴルギント伯の使者との交渉を決裂させずに、枢密院会議に持ち帰った。そうなれば不利とわかっていたはずなのに――。

ヒロトから話は聞いている。

裁判協定の遵守と自分とを永遠に葬ることが、使者を派遣した目的だと――。それでも、自分は撥《は》ね除《の》けるべきだったのではないかと思う。裁判協定の遵守に対してはヒュブリデは譲《ゆず》らないという態度を見せるべきだったのではないか。下手に枢密院会議に持ち込めば、ヒュブリデは裁判協定の遵守に対して譲る可能性もあると、ゴルギント伯に思わせることになる。実際、艦隊派遣をしなかったことでそう思わせてしまっているのだが、なぜヒロトが同じミスを繰《く》り返すようなことを……？

ふいに部屋に二人の男が入ってきた。一人はフェルキナ伯爵に、もう一人は宰相パノプ

ティコスに歩み寄った。

耳打ちする。

フェルキナ伯爵はわずかに眉《まゆ》を顰《ひそ》めた。パノプティコスは満足そうにうなずいた。ラケルは思わず眉根《まゆね》を寄せた。

(一体何を……?)

2

報告を聞いた財務卿《きょう》フェルキナの第一の感想は、

(やはりそうなったか……)

であった。

艦隊派遣を見送り、大したクラスの者でもない者を使者としてアグニカに送った時点で、すでに見えていたことだ。いかに王と大長老と副大司教とが手紙を送ろうとも、肝心《かんじん》の使者のランクが低いのでは釘《くぎ》にすらならない。釘を刺《さ》すどころか、負け犬の遠吠《とおぼ》えである。

ヒュブリデは明礬石で怖《お》じ気《け》づいている。明礬石がある限り、ヒュブリデはアグニカに対して強くは出られない。

そうゴルギント伯に侮《あなど》らせることになったのだろう。

そして今回の提案である。

ゴルギント伯はヒュブリデに止めを刺しに来ている。絶対にゴルギント伯に対して攻撃をしないように決定づけようとしている。そのための提案であり、そのためのヒロト失脚《しっきゃく》作戦である。

ヒロトはすんでのところでゴルギント伯の策略を見破って留《とど》まった。だが、枢密院会議に持ち帰った時点でヒロトの主張は死んでいる。今回も艦隊派遣はなされない。宰相も大法官も書記長官も、ゴルギント伯の甘すぎる果実に食《く》らいつくだろう。大長老も艦隊派遣を主張すまい。

結果、ゴルギント伯の提案は受理され、ヒュブリデは卑怯《ひきょう》な男に屈《くっ》することになる。たとえ枢密院会議で非難囂々《ごうごう》となろうとも、ヒロトはゴルギント伯の使者の提案を突《つ》っぱねて決裂させるべきだった――。

「閣下」

部下が部屋に姿を見せていた。

「ユグルタからの報《しら》せでございます。メティスが相当ヒロト殿に怒《おこ》っているそうでございます。カリキュラが襲撃《しゅうげき》されたのはヒロト殿のせいだと」

「まことか？」

と小声で尋《たず》ねる。部下がうなずく。

フェルキナは黙《だま》った。

（メティスにしては感情的すぎる……）

3

一部始終を聞いたパノプティコスは、冷《ひ》や汗《あせ》と歓喜《かんき》を味わった。正直、カリキュラの襲撃に対しては、余計なことをと思った。会議の場がゴルギント伯《はく》に鉄槌《てっつい》を喰《く》らわすべきとなれば、提案の了承《りょうしょう》はできなくなってしまう。

だが、ゴルギント伯は願ってもない提案をしてきた。

もちろん、あのゴルギント伯のこと。裏があるのはわかっている。それでも、ゴルギント伯から折れてきたということは、ゴルギント伯は追い込まれている、ヒュブリデが思っている以上に弱い立場にいるということだ。相手は強者の立場にない。だから、あれだけの甘い餌を釣《つ》り下げてきたのだ。

罠《わな》の可能性がある？

ないとは言えない。

だが、ゴルギント伯が折れてくることなど、滅多《めった》にない。むしろこの好機を捉《つか》まえて、決して逃《のが》さぬようにするべきだ。

しかも、今回はヒロトも折れた。裁判協定の遵守を条件に盛《も》り込んで貫《つらぬ》いていれば、確実に決裂していた。ヒロトからすれば来るなら来いという感じだったはずだ。だが、ヒロトは枢密院会議に諮ると退く姿勢を見せた。

艦隊派遣では無理だと考えた？　明礬石のことを考えた？

わからぬ。ヒロトは策士だ。何か策があるのかもしれぬ。それならば一気に押《お》し切るか？

いや、退いて様子を見るか？

「閣下」

と部下が後ろから呼びかけた。顔を近づけて耳打ちする。

「噂《うわさ》ではないのだな？」

と確かめた。部下がうなずく。

（好機なり）

パノプティコスは心の中でほくそえんだ。この利を活《い》かさぬわけにはいかぬ。手に入れた報せは、機を見て炸裂《さくれつ》させてくれよう。

4

カリキュラの部下の話とヴァンパイア族が持ち帰った話を聞いてユニヴェステルは冷めた気分を味わっていた。

茶番という言葉がふさわしい。

確かに処刑《しょけい》は行われた。裁判で裁かれ、五人の犯罪者は絞首刑《こうしゅけい》に処された。形式的には法を守ったように見える。

だが、それはハリボテの法だ。

ゴルギント伯は自分が王であり自分が法であると錯覚《さっかく》している愚か者だ。罪などいくらでもでっちあげる。処刑も自分の思うままに下せる。

もちろん、ゴルギント伯のやらせだという決定的な、明確な証拠《しょうこ》はない。あるのは状況証拠《じょうきょうしょうこ》のみだ。

だが、ゴルギント伯は正義や公正や法の遵守《じゅんしゅ》とは無縁《むえん》の男、対極の男である。正義に目覚めて隣国《りんごく》の商人を殺した犯人を捜《さが》させ、正当な罰を下すなどありえない。

すべては自分のため。

自分がマウントするため――そして他人にマウントされないためのパフォーマンス。アグニカの女王アストリカから突っ込《こ》まれないため、そしてガセルに対して犯人を裁いたと言い張るために行なった猿芝居。

法を遵守するエルフとして、ユニヴェステルは義憤を覚えた。リンドルス侯爵《こうしゃく》が治めるトルカ港とグドルーン伯が治めるシドナ港では裁判協定が遵守されているのに、サリカ港だけが守られていないこと、条文の解釈《かいしゃく》が違っていることも、道理に合わない。到底《とうてい》、法の国とは言えない。法の観点からすれば、二流の野蛮《やばん》国家である。

が――。

義を貫くのか、国利を貫くのか。

二者択一《にしゃたくいつ》にユニヴェステルの思考は止まった。

ゴルギント伯は間違いなく嘘をついている。不正義を犯《おか》している。それを激しく糾弾《きゅうだん》して外交のメインに据《す》えるのか？

正義を貫く一人の人間としてならば。

だが、ユニヴェステルはヒュブリデ王国の重臣だ。王を輔弼《ほひつ》し、他の重臣とともに国を支えて運営する責任者の一人なのだ。ただの一個人ではない。私人ではなく公人なのだ。

その公人の自分が、一個人としての義憤を前面に押し出して国の方針に据えるのか？

外交の中軸《ちゅうじく》に据えるのか？

迷いと躊躇《ためら》いがある。

義憤を押し出すことが国利につながっているのならば、中軸に据えても問題はあるまい。だが、今回、義憤と国利は重なってはいない。中軸に据えれば、間違いなく明礬石の安定供給という問題にぶつかる。ゴルギント伯は報復として明礬石の輸出に対して働きかけるだろう。明礬石の運搬船《うんぱんせん》の航路は、もろにゴルギント伯の支配領域なのだ。

グドルーン伯に、余計なことをさせぬようにせよと圧力を掛《か》ける？

確かにゴルギント伯はグドルーン伯の支持者だ。彼女《かのじょ》を未来の王と讃《たた》え、将来は王に据えたいと願っている。だが、だからといってグドルーン伯の完全なコントロール下にあるわけではない。そもそも、ゴルギント伯の方がグドルーン伯より経済力では秀《ひい》でているのだ。

金は力なり。

金を持つ者は、同時に権力も持つことになる。人を従わせる力、意のままに動かす力、そして抗《こう》する力をも持つことになる。

おまけにアグニカは、ヒュブリデと違《ちが》って中央集権が弱い。王と家臣の間に上下関係はあるが、強いものではない。女王の下に服従する存在としてグドルーン伯がおり、さらに

グドルーン伯に服従する存在としてゴルギント伯がいるという、厳しい上下関係にはなっていないのだ。むしろ、女王、グドルーン伯、ゴルギント伯の三つの国がアグニカ王国で並立《へいりつ》しているような感じなのだ。グドルーン伯もゴルギント伯も、形式上は王を認めているが、半独立的な存在なのである。

グドルーン伯に圧力を掛けるように言っても、影響力は限定的だろう。現に前回、グドルーン伯に王からの手紙を送ったが、結果はこれである。もう一度圧力を掛けるようにグドルーン伯に頼《たの》んでも、暖簾《のれん》に腕押《うでお》しだろう。それどころか、報復を招く可能性もある。

ゴルギント伯はそれくらいのことをする男だ。あの男の政治的原理はマウントなのだ。

王の呼び名に、諸王の王というものがある。ヒュブリデ王もまた諸王の王である。だが、諸国の法の番人ではないし、諸国の裁判官でもない。世界の裁判官ではないのだ。

法の光が照らせる範囲《はんい》は限られている。

一国の法が照らしだし、力を行使できるのは一国の中のみだ。他国の中を照らしだすことはできない。他国に法の力を行使することもできない。他国の中でも治外法権が成り立つところ以外は、一国の法は入り込めず、効力を持たないのだ。

それでもゴルギント伯を糾弾するのか？

ユニヴェステルは問うた。

公人でありながら、私人の義憤を外交の中軸として——公の策として——押し出すのか？

国利が損《そこ》なわれるとわかっているのに、義憤をメインに据えるのか？

否だ。

ろくでなしの男を糾弾したい気持ちは、もちろんある。あの男がろくでなしなのは、自分もよく知っている。あの男がハイドラン侯爵に何をしたのかもよく知っている。あの男はクズなのだ。

だが、国の重臣として国利を守る義務がある。そして自分は私人であると同時に公人なのだ。公人の義務は果たさねばならない。

ユニヴェステルはヒロトに眼差《まなざ》しを向けた。

謁見《えっけん》の間において、ヒロトは裁判協定の遵守を条件に付け加えるように主張している。それがヒュブリデの国利につながると信じているのだ。

もし本当にゴルギント伯が裁判協定を遵守すれば、ヒロトが主張する通り戦争の危険は去り、ヒュブリデの国利も損なわれることはなくなる。

だが、ゴルギント伯はテコでも動かぬ男だ。裁判協定を遵守することはない。ヒロトのアプローチでは、ヒュブリデの国利は守れないのだ。そのことをヒロトに理解させせねばな

らない。

5

ヒロトの率直《そっちょく》な気持ちは、遅《おそ》かった……であった。

決裂《けつれつ》させておけばよかった？

否。

決裂させなくてよかった？

それもまた否だ。

一言で言えば遅かった。カリキュラの部下とヴァンパイア族とが来るのが遅かったのだ。

もしジゴルに会う前に二人が来ていれば——すぐジゴルに会うことをせず謁見を明日にしておけば——有利な状況で会えた。重臣たちもさすがに怒りで一致団結していただろう。

この茶番は何なのだ？　我《わ》が国《くに》は断固許さない！

枢密院会議でもそのコンセンサスを得て、艦隊派遣で一致できていただろう。くだらぬ茶番を見せたゴルギント伯は信用ならない、厳しく接しなければならない、お灸《きゅう》を据えなければならない。そう決議していたに違いない。

だが、提案が先に来てしまった。その後で、許しがたい情報が入った。この状況《じょうきょう》では、確実に会議は分裂《ぶんれつ》する。しかも、ゴルギント伯の提案は、無視するにはあまりにも甘《あま》い果実だった。明礬《みょうばん》石の確保を最重要視する宰相も大法官も書記長官も、絶対逃すまいとするだろう。

ゴルギント伯の使者に会うタイミングを失敗した。少なくとも明日に引き延ばすべきだった。そうしていれば――。

だが、たらればは語れない。今ある現状だけで戦うしかない。

（絶望するな。今ある戦力で未来につなげろ）

ヒロトは自分を叱咤《しった》した。自分が絶望さえしなければ、世界は絶望的にはならない。

（絶対に前回のようになってはいけない）

断固、艦隊派遣を主張する？

ヒロトの心情的には。

カリキュラが襲撃されたのは、ヒュブリデが強い態度を示せなかったからなのだ。艦隊を派遣《はけん》していれば、防げている公算が大きい。

だが、格の低い使者を送り、手紙だけで済ませた。実力行使を艦隊派遣によって匂《にお》わせなかった。結果、ゴルギント伯に舐《な》められ、伯はカリキュラに対して武力を行使した。

ヒロトの目的は、ガセルとアグニカの戦争を防ぐことである。だが、ゴルギント伯はカリキュラを殺そうとした。ガセルのイスミル王妃《おうひ》は激怒《げきど》しているだろう。開戦はもう秒読みに入ったと見てよい。ヴァンパイア族が伝えてくれたガセル側のテルミナス河岸にあった二十名以上の死体は、メティスによるものと考えていいだろう。イスミル王妃から依頼《いらい》を受けて、どのように攻撃《こうげき》するか偵察《ていさつ》に行ったのだ。それに勘《かん》づいてアグニカ兵が襲撃したが、メティスは返《う》り討ちにしたに違いない。ヴァンパイア族の男性は、一突《ひとつ》きか一太刀《ひとたち》だったと証言していた。相当剣の腕《うで》がある者の仕業である。メティスだと考える方が普通《ふつう》だ。

メティスが偵察に行った時点で、戦争抑止《よくし》はかなりの困難に直面している。

まだ手は残っている？

大規模な艦隊をサリカ港に派遣できれば——。

だが、大規模な艦隊派遣となれば時間が掛かる。そもそも、大貴族たちが戦争に伴《ともな》う課税に反対する決議を出しているので、大規模な艦隊派遣は現状ではできない。かといって王の船は数隻《すうせき》焼失したので、王の船を工面して送ろうにも数が足りない。さらに、ゴルギント伯が擁《よう》する艦隊は大規模で負け知らずである。

国内政治も、国際政治も、局面は変わる。囲碁《いご》でも将棋《しょうぎ》でも同じである。決定的な一手

を指される前と指された後では、大きく局面が異なる。指される前なら有効だった手が、指された後では有効な手ではなくなることがいくらでもある。局面が変われば、最も有効な手――最善手《さいぜんしゅ》――もまた変わるのだ。

艦隊派遣も同じだ。

初回の手としてならば、艦隊派遣は理想だった。だが、今となっては最上の手ではない。ならば、もう手は残っていない？

メティスが乗るかどうかはわからないが、ピュリスと共同で艦隊派遣を行なうことができれば、局面を変えられる。

宰相と大法官と書記長官は、ゴルギント伯の提案に乗るべきだと言い張るだろう。

断固、阻止《そし》せねばならない。

ゴルギント伯は、ヒュブリデ商船に護衛艦《ごえいかん》をつける代わりに自分を支持するように要求してきた。

自分の茶番を批判するな、肯定《こうてい》しろ。

そう要求してきたのだ。

ゴルギント伯と約束を交《か》わせば、茶番を肯定することになる。

悪魔《あくま》との取引だとヒロトは思った。ヒュブリデがやってはならない取引だ。無実の者を

絞首台に送るような卑怯な、不誠実な塊が、レオニダス王との約束を忠実に守るはずがない。そもそも、ガセル王国との間で取り交わした裁判協定すら守っていないのだ。

卑怯な者、政治的な公正さを欠いた者は、男女問わず政治的な活動に関わるべきではない。そういう連中はどんなに美しい言葉を掲《かか》げても、自分の私欲を満たすためだけに大衆を犠牲《ぎせい》にする。庶民《しょみん》が最も警戒《けいかい》し、駆逐《くちく》しなければならない存在だ。庶民だけでなく、王自身も、為政者《いせいしゃ》自身も、警戒しなければならない相手、絶対に取引してはならない相手だ。

そしていずれは完全に叩き潰《つぶ》さねばならない相手なのだ。

だが――そのためには国内の反対者をねじ伏《ふ》せなければならない。

自分に反対するメンバーを挫《くじ》くこと。

そしてピュリスとの艦隊共同派遣の実現までこぎ着けること。

その二つが、今日の枢密院《すうみついん》会議でのヒロトの目的になる。

(反対の中心は宰相だ。宰相を抑《おさ》えられない限り、絶望の未来しかない。何としても宰相を挫かなければならない)

そうヒロトは決意した。だが、最初の攻撃は大長老ユニヴェステルから、しかも当初は攻撃とはわからぬ穏《おだ》やかな形でやってきた。

「ヒロトよ」

とユニヴェステルは呼びかけた。

「わし個人の感情を言うのなら、義憤を感じておる。ゴルギント伯は我々の忠告を破った。裁判協定は我が王が深く関わったものだ。それを無視することは、我が王を軽視するに等しい。前回よりも抗議《こうぎ》と警告のレベルを引き上げねばならぬ。最低でも枢密院《すうみついん》顧問官を派遣せねばならぬ。そう個人的には思うておる」

「しかし、協約が――」

と反論しかけた大法官を、ユニヴェステルが手で制止した。

「だが、個人の義憤と国家の利益とは別だ。世界は個人の正義やきれいごとだけではできておらぬ。どうしても無視できぬ現実というものがある。そして我々は今、より現実を見なければならぬ。その上で、純粋《じゅんすい》に国利を判断せねばならぬ」

と前置きしてヒロトに問いかけた。

「偽《いつわ》りの犯人を仕立て、偽りの裁判を行って偽りの死刑《しけい》を行う者が、果たして裁判協定を遵守すると思うか？　心替《こころが》えをすると思うか？」

つまり、遵守を誓《ちか》わせても意味はないということである。

ヒロトは即座《そくざ》に同じ理屈《りくつ》で言い返した。

「同じ質問をします。偽りの犯人を仕立て、偽りの裁判を行って偽りの死刑を行う者が、

我が王との協約を守ると思いますか？　律儀《りちぎ》に我が国の商船に護衛船を派遣すると思いますか？　戦局が怪《あや》しくなれば、必ず反故《ほご》にします。王は嘘つきと約束を交わすべきではありません」

じっとユニヴェステルが睨《にら》む。

やはり、この件についてはわかり合えぬか。味方同士にはなりえぬか。そういう顔である。

「わたしも同感です。ゴルギント伯と手を結ぶのは悪魔と握手するのと同じです」

とフェルキナ伯爵もヒロトの肩《かた》を持つ。

「王は悪魔と手を握《にぎ》るべきではありません。我が母国も、叩くべき相手を叩かなかったことから滅《ほろ》んだのです」

とラケル姫《ひめ》もヒロトにつく。

もう追随《ついずい》する者はいない？

いや、いた。

予想外の相手――精霊教会副大司教シルフェリスが、口を開いたのだ。

「我が精霊教会から見れば、ゴルギントなる者はただの悪党です。人にあらざる者です。精霊の罰を受けるべき存在です。そのような者と手を握れば、握った者が罰を受けましょ

う」

6

（グッジョブ、シルフェリス殿！）

思わぬ味方にヒロトはウインクしたくなった。以前、シルフェリスはヒロトとヴァルキュリアの振《ふ》る舞《ま》いを非難した。ヒロトが破廉恥《はれんち》であるみたいな物言いでヒロトを批判した。だが、彼女はエルフの良識を象徴《しょうちょう》するような存在だ。理性で判断して、正しいと思ったことに対しては賛同してくれる。

（前回より、流れはましだぞ）

ヒロトは心の中で微笑《ほほえ》んだ。「ゴルギントなる者」という言い回しを使っているところを見ると、シルフェリス自身、ゴルギント伯のことを相当嫌《きら》っているのだろう。

ただ――ユニヴェステルを説得するにはまだ不充分《ふじゅうぶん》だった。ユニヴェステルは同じエルフに対して、いささか高所から反撃《はんげき》を喰らわせた。

「シルフェリス殿よ。我らが王は諸王の王ではあるが、諸国の裁判官ではない。精霊のようにこの世の人の振る舞いを裁く、道徳の王でも倫理《りんり》の裁判官でもない」

つまり、ヒュブリデ王に精霊の役割は果たせないというわけだ。「シルフェリス殿よ」という言い方には、自分よりかなり年下の者を年上の者が窘《たしな》めるような意図もあったのだろう。

シルフェリスの眉がぴくりと動いた。彼女は、上から目線で言われておとなしく引き下がるような女性ではない。

「ゴルギントなる者は、人の上に立つ者でありながら、ついてはならぬ嘘をつき、人としてなしてはならぬ振る舞いをなし、上の者たちも従うべき法を破ったのです。精霊様が最も大事なものとして説く三つの徳、すなわち、真・義・法を犯したのです。我が国なら、とっくの昔に精霊の呪《のろ》いを受けて死んでおります。罪人の中の罪人です。罪人と手を結べば、精霊様が黙ってはいらっしゃいませぬよ」

と精霊の呪いで脅《おど》す。いかにも聖職者らしい説法であり、聖職者らしい脅し方であるが、ヒロトにとってはうれしい援護《えんご》射撃《しゃげき》だ。

だが、ユニヴェステルはびくともしなかった。

「アグニカが野蛮なことはわしも承知しておる。あの国には真も義も法もない。我らエルフのように真実を尊び、高潔を守り、法に遵《したが》うこともない。精霊の教えを信じているといっても、ただ、信じる振りをしておるだけだ。我が国の領土ならば、とうの昔に処刑して

おる」

つまり、領土ではないから国内のようにはいかぬということである。

「そのような国に鉄槌を下せずして、我が国の王が務まりますか？」

とここぞとばかりにシルフェリスが畳《たた》み込む。いい切り込みである。エルフ同士だけに、人間とエルフの間のような遠慮《えんりょ》がない。

「シルフェリス殿よ。この世は清《せい》だけではできておらぬ。清濁《せいだく》両方で成り立っておる。清《せい》濁《だくあわ》併せ呑《の》まずして、顧問官は務まらぬし政治も行なえぬ。清き考えだけで突っ走って、濁《にご》りある現実を忘れれば、国を誤らせ、民を苦しませることになる」

ユニヴェステルは清濁の理屈で返してきた。

大長老が言う清濁の清は、清き考え、別の言葉で言えば、きれいごとを並べること、すなわち潔癖《けっぺき》な理想主義と同じだった。理想にのみ走って現実を忘れた者が引き起こした惨《さん》劇《げき》は、世界史を暗黒で飾《かざ》っている。

ヒロトが最初に思い当たったのは、十八世紀末のフランス革命を引っ張ったロベスピエールだった。

清廉潔白《せいれんけっぱく》な秀才《しゅうさい》として知られたロベスピエールは、社会思想家ジャン＝ジャック・ルソーが著《あらわ》した『社会契約論《けいやくろん》』の理想に走り、理想に従わぬ者を次々と粛清《しゅくせい》して恐怖《きょうふ》政治に突

き進《すす》んだ。清濁併せ呑む男、広量の雄弁家《ゆうべんか》だったダントンも処刑《しょけい》している。ダントンの処刑が象徴するように、ロベスピエールは清濁併せ呑めない人間、清にばかり走る人間だった。融通《ゆうずう》の利《き》かない理想主義者ほど、危険なものはない。

次に思《おも》い浮《う》かんだのは、カンボジアの独裁者ポル・ポトだった。ヒトラーと並ぶ二十世紀最悪の虐殺者《ぎゃくさつしゃ》である。

ポル・ポトが理想に掲げたのは、自給自足をベースとした原始共産主義だった。平たく言えば「文明を捨てて原始的な農業生活に戻《もど》ろう」である。農業に基礎《きそ》を置いた原始共産主義を実現するため、貨幣《かへい》は廃止《はいし》。学校も病院も工場も閉鎖《へいさ》された。畑を耕したことのない都市の住民たちは農村へ移住させられ、農業を強制された。ポル・ポト自身が高等教育を受けた知識人でありながら、高等教育を受けた者たちや知識人は、原始共産主義を妨《さまた》げるものとして容赦《ようしゃ》なく殺害された。眼鏡を掛けているだけでも殺されたという。ポル・ポトに虐殺《ぎゃくさつ》された者は百二十〜三百万人と言われている。

徹底《てってい》された理想主義は、徹底的《てっていてき》な破壊《はかい》と虐殺の未来しか生まない。清濁併せ呑む寛容《かんよう》さを持たない理想主義は、粛清の恐怖政治にしか向かわないのである。

だが——。

ゴルギント伯の問題を清濁の問題、理想と現実の問題として捉《とら》えるのは間違《まちが》いだった。

ヒロトとユニヴェステルの対立は、清濁の対立ではない。きれいごとと政治的なダーティジョブの違いでもない。濁と濁、濁同士の対立である。

「国利のためならば、悪魔に思える者と手を結んでもやむを得ぬということだ。どんなに汚《よご》れた者の手であっても、政治的判断で握らねばならぬことはある」

と大法官がまとめにかかった。即座にヒロトは撃墜《げきつい》に出た。

「悪魔ですよ？　嘘つきですよ？　嘘つきと約束を交わすんですか？　国と国との約束を守らぬ男と約束を交わすんですか？　それで約束が履行《りこう》されると、なぜ期待できるんですか？　約束を破られてダメージを受けるために握るんですか？」

大法官が黙る。ヒロトはさらにつづけた。

「ゴルギント伯の提案を呑んでしまえば、我が国はゴルギント伯とアグニカに従う以外、外交的選択肢《せんたくし》がなくなります。アグニカ追従しか外交の選択肢がなくなるんです。国家が一つしか選択肢を持てなくなっていいんですか？」

「貴殿《きでん》は艦隊《かんたい》を派遣すべきだと言いたいのだろうが、その場合も、ゴルギント追従しか外交の選択肢がなくなるぞ？」

とユニヴェステルが反論する。

「そのように我々重臣たちに思わせて、ヒュブリデを怖じ気づかせるのがゴルギント伯の

一番の目的だとしたら？」

　とヒロトは問うた。

　ユニヴェステルが一瞬沈黙《いっしゅんちんもく》する。

　――効果あり。

「ずっと、なぜゴルギントが挑発的《ちょうはつてき》な行為《こうい》を取るのかを考えてきました。挑発《ちょうはつ》したらガセルと戦争になる。ピュリスとも戦争になる。なのに、なぜ、挑発するのかと」

　とヒロトは切り出した。

「違うんです。ゴルギント伯は戦争をしたいんです。戦争をした方が利益があると思っているんです。特に戦争相手がガセルのみだった場合、最大の利益を得られると思っているんです。恐《おそ》らく、ボコボコにして有利な条件で和平を結ぶつもりなのでしょう。戦争相手がガセルとピュリスの場合でも、最終的には勝てると思っているのでしょう。ただ、相手が我が国とガセルとピュリスの三カ国の場合、さすがに女王やグドルーン伯からストップが掛かると考えているのだと思います。三カ国との戦争を招いたとなれば、自身の進退問題にも発展します。だから、我が国に飴《あめ》を与《あた》えて懐柔《かいじゅう》し、敵側に回らないようにしているんです」

　大法官と書記長官は黙っていた。ユニヴェステルも沈黙《ちんもく》している。

言葉が沁《し》みている？　説得はうまいことといった？　パノプティコスは？

宰相《さいしょう》は違った。

「だから我が国はゴルギント伯に脅しを掛けるべきだ、裁判協定を遵守せねばガセル・ピュリスと連合するぞと脅せと言うのか？」

とパノプティコスは突っ込んできた。

「そうです」

とヒロトは答えた。

「言ったはずだ。貴族会議の決議により、我が国は大規模な派兵ができぬ。ガセル・ピュリス両国と連合しようと、満足な兵力は送れぬ。せいぜい数隻派遣《すうせきはけん》するのが関の山だ。それではゴルギント伯を動かすことはできぬ。伯も、我が国が数隻《すうせき》しか派遣できぬことはわかっているはずだ」

とパノプティコスが迫《せま》る。もちろん、退くヒロトではない。

「もし我が国がメティスと組んで艦隊を派遣すればどうなります？　サリカ港沖に我が国の艦隊とメティスの艦隊とが同時に現れれば、ゴルギント伯はどうなります？」

ヒロトは一気に提案で踏《ふ》み込んだ。メティスとの共同作戦を持ち出したのだ。ヒロトが温めてきた案である。今だとばかりにつづける。

「ゴルギント伯は一番メティスを警戒しています。だから、シビュラのユグルタ行きを阻止し、さらにカリキュラも殺そうとしました。自分の一番の敵はメティスだと思っているのでしょう。そのメティスとともにサリカ港へ艦隊を派遣すれば、ゴルギント伯はどうなります？」

ヒロトは敢《あ》えて疑問文で畳みかけた。宰相の心に沁み込ませようとしたのだ。

だが、沁み込まなかった。返ってきたのは思いがけない反論だった。

「ゴルギント伯にはまったく響《ひび》かぬ。メティスとの共同作戦など、老婆《ろうば》の妊娠《にんしん》、否、男の妊娠にしかならぬ。わたしが聞いたところでは、メティスは貴殿に相当憤慨《ふんがい》しているそうだ。カリキュラが襲《おそ》われたのは貴殿のせいだと大いに憤慨しているという。貴殿からの手紙も捨てたと聞いている。これほど貴殿に怒っているのを見たことがないと回りの者は言っておるらしい。会うことすらままなるまい。それでどうやってメティスと協力する？」

（え……？）

一瞬《いっしゅん》、ヒロトは宰相が何を言っているのかわからなかった。

メティスが手紙を捨てた？

怒っている？

おれのせいだと言ってる？

え？　え？　え？

遅《おく》れて疑問の言葉が脳内を流れた。

（なんで……⁉）

7

沈黙していたのはヒロトだけではなかった。フェルキナ伯爵《はくしゃく》もラケル姫もだった。レオニダス一世も沈黙している。

その中で一人だけ声を放ったのは、とっておきの爆弾《ばくだん》ネタを披露《ひろう》したパノプティコスだった。

「他国の者は所詮《しょせん》他国の者だ。永遠の友ではないし、そもそも友ですらない。異国の者であり異教徒であり、他人だ。同志でも同朋《どうほう》でもない。偵察まで済ませた将軍が、いまさら威圧《いあつ》の艦隊《かんたい》派遣《はけん》？　共同作戦など、夢のまた夢だ。そのこともゴルギント伯には把握《はあく》されよう。それでどうやって伯に脅しを掛けるのだ？　脅しを掛けて何が得られるのだ？　伯に見切られて、我が国が不利な条件を押しつけられるだけではないか。それが、明礬石のために身を粉にして働いた者のすることなのか？」

ヒロトは沈黙していた。

明礬石のために身を粉にして働いた者とは、ヒロトのことである。宰相は正面からヒロトを批判してみせたのだ。

嘘《うそ》だという声がヒロトの頭の中で響いた。

そんなはずはない。

メティスとは友人のはずだ。メティスが自分の手紙を捨てるはずがない。

否定しようとするが、メティスからの返事が届いていないという事実が覆《おお》いかぶさる。

勝利へ向かって、パノプティコスが畳みかけた。

「話を聞きつけたのはわたしだけではないぞ。恐らく、フェルキナ殿《どの》も嗅《か》ぎつけたはずだ。そうではないのか？」

フェルキナ伯爵がうつむいた。冴《さ》えない表情だった。張り切って否定するような顔ではない。

「隠《かく》し事《ごと》は陛下に対して無礼だぞ？」

とさらにパノプティコスが迫る。

「……聞いております。確かに手紙も捨てさせたと」

とフェルキナ伯爵が認めた。

ヒロトは後頭部を痛打された感触《かんしょく》を味わった。頭の中が真っ白になった。脳内ホワイトニング——なんてしゃれ込んでいる場合ではなかった。

自分の作戦が絵に描《か》いた餅《もち》だと言われてしまったのだ——決定打として用意していたものが、逆にヒロトを挫く決定打として使われてしまったのである。

内股《うちまた》すかし——。

柔道《じゅうどう》の技の一つが思い浮かんだ。内股《うちまた》で一本を取りに行って、見事に透《す》かされてひっくり返された感じ、内股すかしで一本を喰らった感じだった。

（なんで……）

遅れて疑問詞が頭の中を流れた。

今日の枢密院会議でのヒロトの目的は、二つだった。

自分に反対するメンバーを挫くこと。

ピュリスとの艦隊共同派遣の実現にこぎ着けること。

大法官と大長老については、挫いた。だが、肝心《かんじん》の宰相で、ヒロトの方が挫かれてしまったのだ。艦隊の共同派遣は、実現の遥《はる》か前で頓挫《とんざ》している。このままでは完敗である。

ヒロトのやり方は悪くなかったはずだ。

ゴルギント伯の目論見《もくろみ》を暴露《ばくろ》する。一番恐れていることも暴露する。その上で、一番恐

れているところを衝《つ》く提案をする——。

だが、ヒロトの提案を挫くとんでもない打撃《だげき》が待っていた。宰相はクリティカル・ヒットの必殺技《ひっさつわざ》を用意して待ち構えていたのだ。

(どうする？　どうする？　どうする？)

頭の中が焦《あせ》っていた。自分の目の前に敗北の文字がぶら下がっている。

どうする？

もちろん、手はない。

ピンチはチャンス。

苦境こそ好機。

ヒロトの父は、かつてヒロトにそう言った。自分でもそれは理解している。だが、目の前の苦境はいったい何のチャンスだ？

無言になったヒロトの代わりに、仲間が——フェルキナ伯爵が防戦に出た。第一の援護射撃開始である。

「このたびのゴルギント伯《はく》の使者の提案は、ヒロト殿を封《ふう》じ込め、さらに交渉《こうしょう》の場に裁判協定の遵守を持ち出せなくするためのものです。ヒロト殿がゴルギント伯の提案を退けて決裂すれば、決裂の原因をヒロト殿に押しつけられます。そうすれば、ヒロト殿はもうゴ

ルギント伯との交渉の場には出られなくなります。さらに、ゴルギント伯側は、決裂の原因はヒュブリデが裁判協定の遵守を持ち出したからであると主張できます。そのことによって、ヒュブリデとの交渉の場では二度と裁判協定を持ち出させないようにすることができるのです」

ヒロトが事前に説明したことをフェルキナ伯爵が説明してくれたのだ。だが、パノプティコスを揺《ゆ》さぶることはできなかった。

「ならば余計に提案は拒絶《きょぜつ》できぬ。受託《じゅたく》以外道はあるまい」

と宰相が自分の結論に引っ張る。

「それはヒロト殿が断った場合です。枢密院の結論ならば、そうはなりません。我が国が、我が王が、断ったということになります。そうなれば、ヒロト殿を交渉の場に出させないというゴルギント伯の企《たくら》みは頓挫させることができます」

フェルキナ伯爵の抗弁《こうべん》に、もう一人の仲間、ラケル姫も参加した。第二の援護射撃開始である。

「わたしも同感です。今こそ、枢密院が一丸となって提案を撥《は》ね除《の》けるべきです。ここにいらっしゃる方は皆《みな》わかっていらっしゃるはずです。協約の相手として、いかにゴルギント伯が信用に足らないか。嘘の犯人をでっちあげて問題は解決したと嘯《うそぶ》く相手との協約が、

いかに不確かで裏切られる可能性が高いものか。にもかかわらず、協約を結ぼうというのですか？　それはわたしからすれば、国境線に軍を集めているピュリスと戦争終結の協約を結ぶようなものです。兵を引いていないのに、ピュリスが本気で戦争を終結するはずがないのです。実際にそうなりました。ヒュブリデも同じような状況を迎《むか》えています。正直みなさん、明礬石のことで怖《お》じけすぎです！」

大法官の眉《まゆ》がぴくりと動いた。目を覚まさせようとしてラケル姫はきつい非難の言葉を入れたのだが、有効ではなかった。男は、女よりもプライドの高い生き物である。そして女に非難されることに対してプライドが許さない生き物である――特に古典的な男女の価値観に生きる男にとっては。

大法官はきっと反論してやりたいと思ったに違いない。だが、反論したのは大法官ではなく宰相だった。

「なかなか厳しい物言いだが、我々は怖《お》じ気《け》づいているわけではない。冷静に現実を、近未来を見ているだけだ」

パノプティコスはそう前置きすると、かつてヒロトが何度もしたように、未来予想を披露してみせたのだ。

「仮に枢密院が提案を拒絶したとしよう。我が国単独での艦隊派遣は、せいぜい二、三隻《せき》

にしかならない。それはゴルギント伯も知っているはずだ。我が国はメティスとの共同作戦を模《も》索《さく》する。だが、メティスはヒロトに激怒している。共同作戦は拒絶される。我が国は仕方なく単独で艦隊を派遣する。だが、艦隊戦で無敵のゴルギント伯にはまったく響かない。むしろ、悪印象を与えるだけに終わる。そしてアグニカとガセルの戦争が始まる。ヒロトが言う通り、メティスが偵察に行ったのだとするなら、戦争は近いうちに始まる。我が国は明礬石の安定供給を求めてアグニカに働きかける。その時に、ゴルギント伯に与えた悪印象が、我が国の首を絞《し》めることになる。ゴルギント伯は最初は協力の姿勢を見せまい。我が国は飛空便の中止で揺さぶろうとする。だが、ヴァンパイア族もわざわざ矢を受けるために戦争の中には飛び込《こ》まぬ。飛空便は防衛網《ぼうえいもう》としてはもはや機能しておらぬ。アグニカには揺さぶりは響かない。そして明礬石は手に入らない。先に音を上げるのは我が国の方だ。ゴルギント伯は、我が国がアグニカの味方となって参戦することを要求するであろう。我が国は不利な条件を呑まざるをえなくなる。それでもラケル殿は、枢密院一丸となって撥ね除けるべきだと主張されるのか？　誰《だれ》が言おうと、間違った国策は間違った国策なのだ。いささかヒロト殿に肩入《かたい》れしすぎるのではないか？」

一瞬、ラケル姫が赤くなる。

怒《いか》りで？

羞恥《しゅうち》で？

恐らく両方だ。ラケル姫はヒロトに恋《こい》している。

三人目の味方、副大司教シルフェリスは黙《だま》っていた。彼女《かのじょ》としては、もう言うことは言ったという感じなのだろう。援護射撃もここまでである。

パノプティコスが、仕上げとばかりに締《し》めくくりに出た。

「提案を撥ね除けることは我が国に対して大きな不利益を招くことになる。ゴルギント伯に問題があるのは百も承知だが、提案を撥ね除ける方がもっと大きな問題が発生する。ならば、より小さな問題には目をつぶり、より大きな問題を避《さ》ける以外、手はない」

沈黙が響きわたった。

ヒロトにできるのは、「一本！」と決定的な勝敗を告げる声を待つことだけである。

（やられた……）

頭の中でそういう言葉がヒロトの頭に響いた。

見事にやられた。

勝負あり。

もはやもがくこと自体も難しい。

嘆息《たんそく》すら出なかった。

ピンチはチャンス。

苦境こそ好機。

父親の言葉が再び浮かんだが、やはり何のチャンスなのかがわからなかった。どうやって好機につなげられるのかもわからなかった。今、ヒロトの目の前にあるのはピンチはピンチ、苦境は苦境、敗北は敗北という残酷《ざんこく》な同語反復の現実だった。

(またおれは自分の策を実現できずに終わるのか……?)

そういうあきらめの問いが、頭の中で聞こえた。

また?

前回につづいて?

雄弁《ゆうべん》の英雄《えいゆう》と言われた自分が?

宰相のために?

愛する国がだめな国策を採用してだめな未来へと突《つ》き進んでいくのを、国の重臣として見ることになるのか?

国務卿《こくむきょう》でありながら?

国のナンバーツーでありながら?

国が愚策《ぐさく》へ突き進むのを阻止できず、悪い未来へ落ちていくのを拱手傍観《きょうしゅぼうかん》することにな

るのか？

たぶん。

いや、きっとそうなる。

（いやだ）

咄嗟《とっさ》にそう思った。

そんな未来は真っ平御免だ。この世界に自分が来たのはたまたまであったとしても、ヒュブリデは、自分にとっては第二の母国のような存在なのだ。

自分はこの国にいる。この国にこの国の人間として生きている。この国に住み、この国の人とともに暮らし、この国の人とともに苦楽を味わっている。しかも、自分はこの国の要職にある。そのような人間が隣国《りんごく》の発展を祈《いの》り母国の凋落《ちょうらく》を願うなど、ありえようか？

それこそ、ヒロトにとっては人にあらざる姿だった。自分は国務卿であり、ヒュブリデ国のナンバーツーであり、王を支える存在なのだ。ヒュブリデが、第二の母国が傾く未来なんて、見たくはない。

（情で訴《うった》える？）

不意に起こった考えに、ヒロトは胸の中で首を横に振った。

無理だ。

パノプティコスもユニヴェステルも、情で動くタイプではない。涙《なみだ》で切々と訴えようと、盛大《せいだい》な空振《からぶ》りにしかならない。

じゃあ、どうする？

それ以外に手があるのか？

——ない。

頭が即答《そくとう》する。

（あきらめるしかないのか？）

絶望の中でも、あきらめたくないという気持ちが走る。だが、手がない。

前回、最善の策は潰されて、次善の次善の策に走らざるをえなくなった。今回もまた最善の策を潰されて、次善の次善の策——いや、ヒロトからすれば最悪の策を取らざるをえなくなっている。

覆《くつがえ》す？

なんとか塗《ぬ》りつぶす？

そんな手は——。

ないという答えに交じって、いきなり無策の真空の中から変な声が聞こえてきた。

（塗りつぶさなくてもいいんじゃね？）

妙《みょう》にラフな、無責任な言い方の声だった。

（覆さなくてもいいんじゃね？）

は？　とヒロトは自分の声に首を傾《かし》げた。おまえは何を言ってるんだ？　覆さなければ
――。

（あ）

その瞬間《しゅんかん》、閃《ひらめ》いてしまったのだ。

覆さなければいいんじゃね？

塗りつぶさなくてもいいんじゃね？

そうだ。その通りだ。ひっくり返そうとしなければ、道はまだある。

ＡかＢか。

喩《たと》えればこうである。ヒロトはＡを推《お》している。パノプティコスたちはＢを推している。

ヒロトはＢをＡに覆そうとしている。

だが――。

ＡをＢに。

あるいはＢをＡに。

そのように覆す、塗りつぶすのではなく、二《に》者《しゃ》択《たく》一《いつ》を二者択一のままにしてしまえばよ

いばいい。選択肢を選ぶのではなく、選択肢を突きつければいい——。

(いや。三者択一にしてもいい)

二者択一のどれかを選ぶことにするのではなく、二者択一、あるいは三者択一にすれば

いのではないか?

(ピンチはチャンス、苦境は好機だ)

いきなり道筋が見えた。二者択一を三者択一で返す未来が、その先の未来が、見えた。

(いけるぞ……)

でも、メティスは? メティスは自分に会ってくれないのではないか?

とヒロトは考え直した。

(いや。いけるかも)

メティスは怒《おこ》っていた?

(なら、大丈夫《だいじょうぶ》かも)

世界はまだ完全に絶望的ではない。まだやれることは残っている。まだ光は残っている。

ユニヴェステルが口を開いた。

「陛下、結論は出たように思いますが」

ヒロトは咄嗟に言葉をかぶせた。

「一つ面白《おもしろ》い案があります。皆の不安を潰しつつ様子を見れる、いい提案があります」

「艦隊の派遣《はけん》なら我々は反対で一致《いっち》している」

とパノプティコスが潰しにかかる。

「我々の懸念《けねん》は、ゴルギント伯です。ゴルギント伯は決して信用できる人物ではありません。ならば、より条件を詰《つ》めるべきです」

とヒロトは切り出した。

「それでゴルギント伯がごねたらどうするのだ？」

宰相の反対にヒロトは言い返した。

「こう提案するのです。提案に対しては我々は概《おおむ》ね歓迎《かんげい》する。だが、現状ではまだ不充分である。二十座のガレー船三隻を必ず明礬《みょうばん》石を積んだ我《わ》が商船に随行《ずいこう》させ、決して明礬石の輸出制限をしないという条件を加えるか、有事の派兵を有事の中立に置き換《か》えるか、裁判協定の遵守《じゅんしゅ》を付け加えるか、三つのうちどれかが必要である。もし協約を破った場合、我が国《くに》は王の名誉《めいよ》のためにあらゆる共闘《きょうとう》と武力行使を考えることになる」

8

ユニヴェステルはじっとヒロトを見据《みす》えた。

（一歩引いて半歩付け足したな）

それが大長老の第一の感想だった。

AかBか。

メティスとの共同での艦隊派遣か、無条件での提案受託か。二者択一で枢密院《すうみついん》は揉《も》めていた。そしてその二者択一では、ヒロトの推す提案は破れた。

だが、咄嗟にヒロトは二者択一でどちらかを選ぶのではなく、三者択一を提案するという秘策を繰《く》り出してきたのだ。つまり、選択肢を選ぶのではなく、選択肢を提案するという作戦に出てきたのだ。

いかにもヒロトらしい奇策《きさく》だった。微妙《びみょう》に手を加えてゴルギント伯に選択《せんたく》を──判断を──迫るところが、さらにヒロトらしい。

（考えたものだ）

思わず心の中で笑《え》みを浮かべてしまった。ゴルギント伯の元々の提案はこうだった。

・ヒュブリデ王はゴルギント伯を支持する。

・ヒュブリデ王は、有事にはサリカへの派兵を約束する。

・その代わり、ゴルギント伯は明礬石の輸送の安全を保証する。戦中であろうとも、明礬石を運ぶ商船に護衛船をつける。

ヒロトは後半二つの条項《じょうこう》に対して条件を付け加えて、三者択一に変えたのだ。

特に注目すべきは、ガレー船への追加条項だった。戦中となれば、ゴルギント伯もあまり船や人員を割《さ》きたくあるまい。いざ協約を結んだものの、数人しか乗らぬちっぽけな舟《ふね》を護衛船としてつけられたのではたまったものではない。そう危惧《きぐ》してのことだろう。二十座のガレー船ならば、船員は約四十名。それが三隻だから、百二十名ほどになる。

三つの選択肢を突きつけられてゴルギント伯はどう反応するか。その反応によって、ゴルギント伯がどう考えているのか、探《さぐ》ることもできる。

（悪くはない手だ。恐らくゴルギントは護衛船の追加条項を選ぶだろうが、好ましい手だ）

素直《すなお》にユニヴェステルは評価した。

ヒロトがさらにつづける。

「ゴルギントは、自分が王として振る舞いたい男です。自分の想定外の条件が発生した時、使者がその場で判断を下すことは許さないでしょう。使者は持ち帰るはずです。帰っている間に、我々はメティスとの共闘を探るのです。相手はゴルギント伯という嘘つきの男で

す。二面作戦は必要です。素朴《そぼく》な一面作戦では必ず寝首《ねくび》を掻《か》かれて痛い目に遭《あ》いましょう」

「共闘はできぬと言ったはずだ」

とパノプティコスが突っぱねる。

「ええ、もちろんです。でも、模索するのが重要なのです。成立ではありません。模索です」

とヒロトが言い直す。

「同じことだ。貴殿は自分がメティスに会おうというのだろうが、メティスが貴殿に会うものか。貴殿と共闘などせぬ。そのことはゴルギント伯も嗅ぎつけるはずだ。それでなぜ二面作戦が成立するのか？」

とパノプティコスが突っぱねる。

「この世に疑心暗鬼《ぎしんあんき》から自由な男はいません。何度も我が国がメティスに使者を送れば、必ず疑心暗鬼が生じます。ゴルギント伯は過度にメティスを警戒《けいかい》して、メティスに助けを求めるガセル商人を殺しているんです。間違いなく疑心暗鬼に駆《か》られます。自分がメティスに会えば、ますますゴルギント伯は疑心暗鬼の囚人《しゅうじん》となります」

とヒロトが否定する。

「だから会えぬと言ったはずだ。メティスは貴殿の手紙を捨てさせているのだぞ？」

そうだそうだとばかりに大法官と書記長官もうなずく。

「逆に会えると思いますが」

とヒロトは澄《す》まして答えた。ユニヴェステルは眉を寄せてヒロトの顔を見た。何度も見たあの表情――ユニヴェステルが交渉において勝利を確信している時に見せる、からっとした明るい表情だったのだ。

「何を言っとるのだ？　男が女を口説く時のことを考えよ。男からもらった手紙を女が捨てて、それで誰が脈ありだと思う？　誰がその女に会えると思う？　貴殿は女も知らぬのか⁉」

といつになくパノプティコスが切り込む。

「女は知ってますけど、全然メティスには会えると思いますけど」

とやはり澄ました調子でヒロトが返す。ヴァルキュリアと肉体関係にあるヒロトが、女を知らぬはずがない。

「せいぜいお情けで一度であろう」

「何度か話はできると思いますけど」

とヒロトは宰相に対して退かない。メティスの激怒《げきど》がまったく耳に入っていないような様子である。

（何か策でもあるのか？　それとも己《おのれ》が築いてきたメティスとの信頼《しんらい》関係に絶対的な自信があるのか？）

ヒロトがメティスに会えるとはユニヴェステルにも思えない。会ったとしても、結果は見えている。

「話にならん」

とパノプティコスが呆《あき》れて突き放《はな》した。代わりに突っ込んだのは大法官である。

「そもそも藪蛇《やぶへび》になったらどうするつもりだ？　メティスに会っているのは知っている、メティスと共闘するのなら交渉は打ち切りだとゴルギント伯に言われたらどうするつもりだ？」

ヒロトはしゃあしゃあと答えた。

「そらとぼければ済む話です。元々自分は定期的にメティスと会っています。その一環《いっかん》だとそらとぼければいいのです。ゴルギント伯もそのことは知っているはずですから、突っ込めません。もし、メティスに会うようなら明礬石の輸出に関して安全を保証しないと脅《きょう》迫《はく》してきたら、メティスと会うことはアグニカ侵略阻止《しんりゃくそし》のために必要なことである、それをやめろと言うのなら、我々は飛空便を停止すると言えばいいのです」

「それしきのことでゴルギント伯が退くものか。逆ギレするぞ」

と大法官が突っぱねる。だが、ヒロトは今だとばかりに踏み込んだ。

「ゴルギント伯は退かないでしょう。でも、グドルーン女伯は？　リンドルス侯爵《こうしゃく》は？　アストリカ女王は？　いくらゴルギント伯の領地が半独立的であるからといっても、三人が同時に動けば？　我々がゴルギント伯との交渉を暴露して、今、こういう問題が起きていると話しても、まったく動かないと？」

とヒロトは畳《たた》みかけた。

「アグニカにとって有利な交渉を停滞《ていたい》させているのは誰なのです？　誰が停滞させているかをグドルーン女伯もリンドルス侯爵もアストリカ女王も理解しないと？　理解しても何もしないと？　ゴルギント伯は相当頑固《がんこ》な男ですが、さすがに三人が動けば無視を貫《つらぬ》き通すわけにはいかなくなるでしょう」

大法官は黙り込んだ。大法官との勝負に関しては、ヒロトに勝利ありである。大法官ではヒロトには太刀《たち》打ちできない。

（大法官では力不足か）

ヒロトが口を開いた。

「ゴルギント伯が嘘つきなのは、ここにいらっしゃる方は皆、知っています。裁判協定への違反《いはん》や今回の茶番裁判でも明らかです。そのような嘘つきと協約を結ぼうというのなら、

つがメティスとの共闘の模索です。その一つが協約の条件変更《へんこう》であり、もう一つがメティスが自分と会おうが会うまいが、自分が何度も働きかける。他の者もメティスに会う。それを繰り返すことが重要なのです。警戒の網は必要ない、嘘つきと今の条件で結ぶべきだとお考えの方はいらっしゃいますか？」

パノプティコスは返さなかった。

（勝負ありだな）

警戒の網は、もちろん不要ではなかった。絶対的に必要だった。ゴルギント伯は信用できぬ相手なのだ。警戒すべき相手なのだ。警戒すべき相手に対して無防備で挑《いど》むなど、許されるはずがない。

ヒロトが提案した「模索」が有効なものかどうかに対しては、個人的に疑問がある。恐らく実現は無理だろうと思っている。

だが——だからといって今潰《つぶ》すまでもあるまい。たいした時間稼《かせ》ぎにはなるまいが、選択肢としては持つべきだ。それに、模索が役立たずだとしても、ゴルギント伯に対して三つの選択肢を突きつけるのは有効だ。それだけでも採用すべきだと言える。

ずっと静観してきたユニヴェステルは口を開いた。

「警戒の網は必要ではないか？　それなりの条件を加えることは外せぬことだと思うが」

ヒロトに賛同を示したのだ。

宰相がユニヴェステルに顔を向けたが、反論しなかった。反論できぬことは、宰相にもわかっていたのだろう。

大法官も書記長官も黙っていた。皆、警戒の網が必要なのは理解しているのだ。

「陛下はどうお考えですか？」

ここぞとばかりにラケル姫《ひめ》が話を振《ふ》った。王に最終判断を求めたのだ。ようやくレオニダス王も口を開いた。

「ヒロトが思うように進めろ。それから使者にも提案しろ。ゴルギント相手に警戒せぬのは、阿呆《あほう》のすることだ」

有無《うむ》を言わせぬ口調だった。

終了《しゅうりょう》の瞬間だった。宰相は下を向いて小さな息を吐《は》きだした。

（前回は宰相がヒロトを挫《くじ》いたが、今回は引き分けか……）

ヒロトは善戦したと言うべきだろう。即時《そくじ》、協定の受託という、ヒロトからすると最悪のシナリオは免《まぬが》れた。

だが、あくまでも「即時での受託」を免れただけだ。今一瞬、引き分けに持ち込んだだけ、一時停止ボタンが押《お》されただけにすぎない。ゴルギント伯がヒロトが滑《すべ》り込ませた提

案を一発ＯＫすれば、ヒロトの策謀《さくぼう》は空振りに終わってしまう。

ヒロトからすれば、事実上の敗北と言ってもよい結果である。ヒロトはピュリスと組んでサリカ港に艦隊《かんたい》を派遣してゴルギント伯を威圧、裁判協定の遵守へと道筋をつけたかったはずなのだ。だが、その実現の道は限りなく不可能に近い。

（メティスは恐《おそ》らく、ゴルギント伯自身を消そうと思っておる。艦隊派遣など、あまりに手ぬるすぎて選択肢《せんたくし》の一つにも入るまい。第一、怒っているメティスに対して連絡《れんらく》などつけられまい）

そうユニヴェステルは断じた。ヒロトの完全な敗北は、ただ延期されただけなのである。

（共同での艦隊派遣は、パノプティコスの言う通り老婆の妊娠、若《も》しくは男の妊娠になる。芽吹《めぶ》くことも結実することもない。ゴルギント伯は三隻の護衛船で承諾《しょうだく》するだろう。そこでヒロトは詰むことになる）

あとがき

まさかまさかであります。

ノベライズの時には、上中下巻というのは何回かやっているんですね。でも、『城主』では……。

第二十三巻を書いている時には、これで終わるぞと思っていたんです。

もしや……というのは、少しだけあったんですよ？　ぼくはコクヨのレポート用紙でプロットを立てるんですが――結構細かく立てるんですが――プロットが終わってまとめた時の厚さを見て、

「これ、大丈夫かな？」

って、ちらっとは思ったんです。でも、上下巻になったことはあっても上中下巻になったことはないから、大丈夫だろうと……。

大丈夫ではありませんでした。

この枚数になっちゃったんですけど……と編集さんにメールして、それだと分冊になり

ますってお返事が来て。

あ。

やった。

そう、やったという感じでした。これならぎりぎりいけるはずという数、完全に間違えてました。

というわけで、城主シリーズ初の上中下巻です。線路とゴルギント伯はつづくよ、どこまでも。

いや、ゴルギント伯は次で終わるけど。

え？

そう言って、次も分冊？

それはない！　ないと断言しましょう！　早く終えてハーゲンダッツのアイスクリームを食べたい！

ハーゲンダッツのカップのアイスクリームが好きなのです。一番のお気に入りは抹茶のものと苺のものです。

最近は、リッチミルクも美味しいなあと感じはじめました。シンプル・イズ・ザ・ベスト。白いだけのアイスクリームもいいなあと。ええ、上中下巻になるとわかって頭が真っ

白になっただけに……。

今回第二十三巻で一番ヒイヒイ言ったのは、実はババ抜きの場面です。枚数がね、狂うんですよ。ここで同じ数字があったからカードがなくなって残り何枚になって……っていう枚数がね、思い切り狂うわけです。一応自分でも数えて書いてるはずなんだけど、狂うんです。

校正さんがばっちり指摘してくださってました。ありがたかった～っ！　本当に助けられました。小説は一人ではならずって言葉を噛みしめますね。同時に、人間、一番信じてはいけないものは自分だなと……。

それでは謝辞を。ごばん先生、いつもステキなイラストをありがとうございます！　編集Aさん、今回もありがとうございました！

では、最後にお決まりの文句を！

じ～～～～～～～～～～～～～～～く・ぼいん!!

https://twitter.com/boin_master

鏡裕之

HJ文庫 https://firecross.jp/
1105

高1ですが異世界で城主はじめました23

2023年8月1日 初版発行

著者——鏡 裕之

発行者—松下大介
発行所—株式会社ホビージャパン
〒151-0053
東京都渋谷区代々木2-15-8
電話 03(5304)7604（編集）
03(5304)9112（営業）

印刷所——大日本印刷株式会社
装丁——木村デザイン・ラボ／株式会社エストール

定価はカバーに明記してあります。

Printed in Japan
ISBN978-4-7986-3242-1 C0193

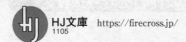

「女！　貴様、メティスか！」
メティスは閃いた。
一枚布の前をはだけたのである。

ヒロトたちはババ抜き――
英語ではジョーカーゲームの
真っ最中であった。

応接室のソファに座った女たちが、
真面目な顔をしてカードとにらめっこしていた。

ヒロトは、ヴァンパイア族の男と
談笑しているところだった。
男はもうすぐ子供が生まれるので、
稼がねえとなあと笑っていた。